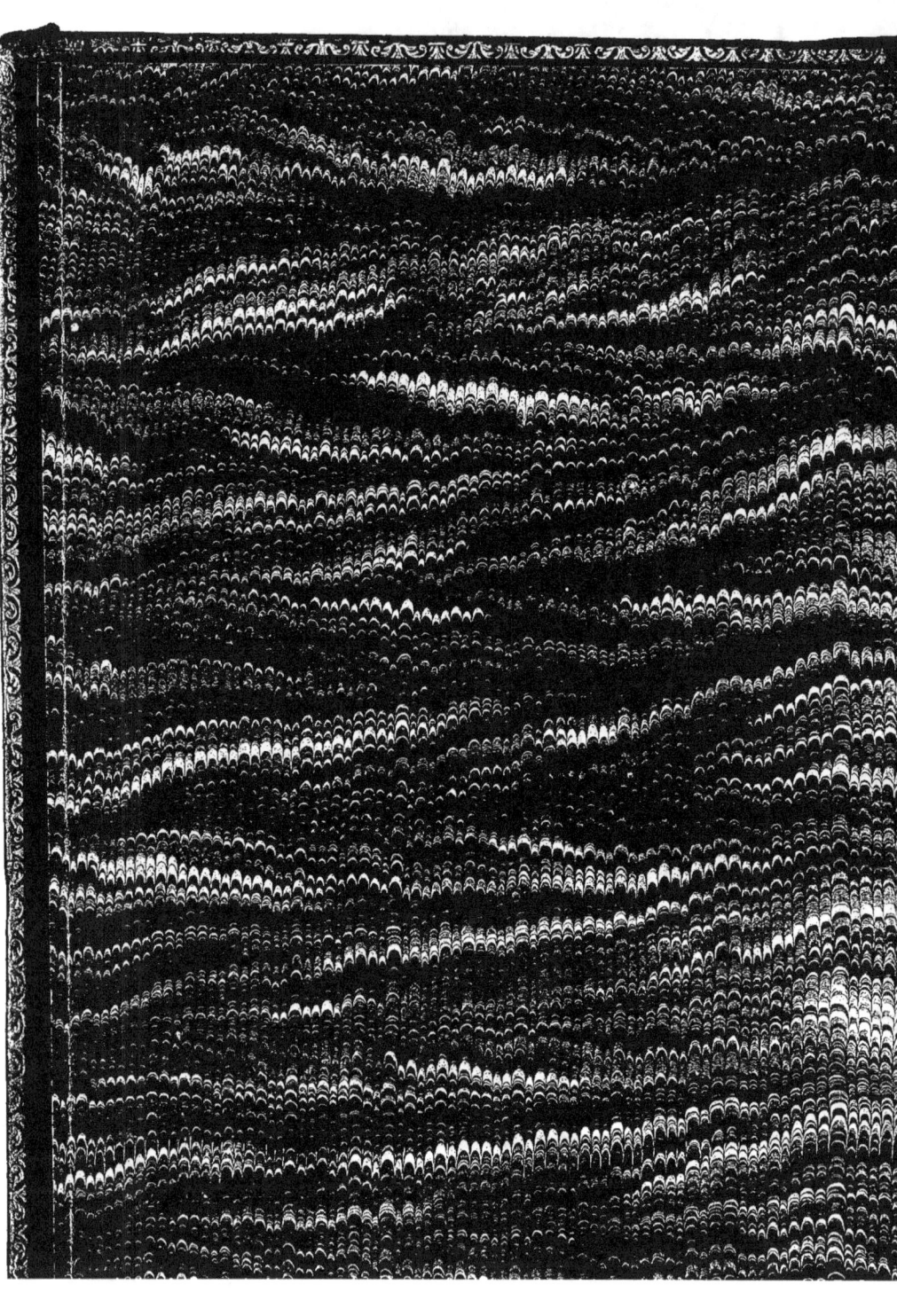

ESTHER.

POËME HEROÏQVE

COMPOSE' ET DEDIE'

AV ROY

Par le Sieur DE BOISVAL.

A PARIS,

Chez PIERRE LE PETIT, Imprimeur & Libraire
ordinaire du Roy, ruë S. Iacques à la Croix d'Or.

M. DC. LXX.

Avec Privilege de sa Majesté.

L'EXCELLENCE

ET

LES PLAINTES

de la

POËSIE HEROÏQVE.

AV ROY.

RINCE donné du Ciel aux vœux
 de tant d'années,
Qui sans cesse remplis tes grandes
 destinées,
Qui parmy tes Guerriers, témoins de
 tes hauts faits,
Par de nobles travaux t'exerces dans
 la paix,
Qui sçais lancer la foudre, & calmer les tempestes,
Qui sçais & conquerir, & borner tes conquestes,

A

Et fais trembler l'Europe au bruit de ta grandeur,
De peur que tes projets n'égalent ton grand cœur :
Puisqu'en tes jours heureux tu dois passer la gloire
De tous ceux qu'ont vantez, & la Fable & l'Histoire,
Sois sensible à ma plainte, au moins si par les Vers
Ton nom veut estre un jour porté par l'Univers.
J'implore ton secours, j'espere en ta Iustice,
Pour reprimer l'effort d'une injuste malice,
Contraire à ce bel Art, par les temps anobly,
Qui sauve les grands noms des ombres de l'oubly.
  Il est juste, Grand Roy, que ton esprit s'applique
A vanger les Heros, & le Vers heroïque,
Que des esprits jaloux, pleins de vice & d'erreur,
S'efforcent d'immoler à leur foible fureur.
Le Heros & le Vers, l'un par l'autre admirables,
Sont unis d'interest, estant inseparables.
Le Ciel fit l'un pour l'autre ; & par eux entreprit
L'ouvrage le plus grand que conçoive l'esprit.
Et c'est dans cet ouvrage, où l'Art & la Nature
Ont mis, comme à l'envy, leur plus riche peinture.
Car d'un vaillant Heros le modelle parfait
Est le plus grand effort que la Nature ait fait :
Et de l'Art des humains la force magnifique
Fit ses plus grands efforts dans le Vers heroïque.
Le Heros & le Vers ne composent qu'un corps,
Brillant de cent beautez, riche de cent tresors.
L'un sans l'autre n'est point une merveille entiere ;
Puisque l'un est la forme, & l'autre est la matiere.
L'un sans l'autre n'est rien, n'a ny rang, ny grandeur ;
Et l'un à l'autre doit son estre & sa splendeur.

L'Histoire fait des Bons, des Habiles, des Iustes,
Des Sages, des Vaillans, des Pieux, des Augustes,
Des amateurs du Peuple, & du commun repos :
Mais l'heroïque Vers seul peut faire vn Heros.
Pour ton propre interest entrepren sa deffence.
Enten de ce bel Art la Plainte, & l'Excellence ;
Et de tes hauts pensers tien le vol en suspens,
Pour oüir ses secrets, qu'au monde je répans.
   De l'esprit des mortels l'aimable nourriture
N'est pas à contempler les faits de la Nature.
D'vn œil indifferent nous voyons leurs beautez,
De tant de feux du Ciel les brillantes clartez,
Du grand Astre des jours la lumiere éclatante,
Et la douce lüeur de sa sœur inconstante.
L'Homme, de ces beaux corps regarde la splendeur,
Sans vn raviffement digne de leur grandeur.
Il void des Elemens la concorde & la guerre,
Le bel azur des Cieux, & le verd de la Terre.
Il void des vastes mers les écumantes eaux,
Le cristal ondoyant des murmurans ruiffeaux,
Les flots impetueux des rivieres superbes,
Le vif émail des fleurs, & l'œil riant des herbes,
Les arbres chevelus, des nüages voisins,
Les fertiles costaux où naiffent les raisins,
Les épics jauniffans, richeffes des campagnes,
Et l'abry des vallons, & l'orgueil des montagnes.
Il void de toutes parts mouvoir par l'Vnivers
Des habitans de l'air le plumage divers :
Il void des animaux les troupes vagabondes,
Et les peuples muets qui nagent dans les ondes.

L'Homme se void luy-mesme en ce monde logé,
Le chef-d'œuvre de Dieu, son portrait abregé.
Nous voyons tous les jours tant d'œuvres nompareilles,
Sans nous sentir épris de leurs grandes merveilles.
Mais si quelque mortel, d'vn habile pinceau,
De l'vn de ces objets a finy le tableau,
Nous aimons ardemment cette rare peinture ;
Et l'Art nous ravit plus que ne fait la Nature.
Si quelque autre, accordant par de secrets ressorts
La souplesse d'esprit avec celle du corps,
Imite vne action plaisante ou serieuse,
Cette veuë à nos yeux semble delicieuse.
L'original déplaist : on aime le portrait.
Ce que produit l'esprit, rend l'esprit satisfait.
Ce Dieu si merveilleux, dont nous sommes l'image,
Aime la creature, ainsi que son ouvrage.
Il se plut à l'instant en ce qu'il avoit fait.
De ses puissantes mains il admira l'effet.
La Nature est de luy ; c'est par luy que nous sommes :
Mais l'Art imitateur est l'ouvrage des hommes ;
C'est nostre creature, il nous charme les sens,
Et comble nos esprits de plaisirs innocens.

    Plus vn Art à nos sens represente de choses,
Plus on y voit de force & de graces encloses.
La Peinture embrassant les objets de nos yeux,
Imite tous les corps que l'on voit sous les cieux :
Mais le bel Art des Vers, sur tous objets flexible,
Embrasse tout sujet, invisible & visible.
Des astres il décrit le juste mouvement ;
Monte d'vn vol hardy jusques au firmament ;

De Dieu mesme y dépeint la gloire & les mysteres :
Puis descend aux secrets des effets sublunaires,
D'où naissent les éclairs, l'orage, & les frimas,
L'esperance & l'horreur des terrestres climas.
Il décrit des mortels les rares avantures ;
Perce les veritez, & les choses obscures ;
Dans les pressans besoins d'vn destin rigoureux,
Fait descendre du Ciel les Anges bienheureux ;
Fait parler les Demons ; & dans les creux abysmes
Va chercher aux Enfers la source des grands crimes ;
Déteste leurs succés, sçait enfin les punir ;
Se mesle de sçavoir le passé, l'avenir ;
Penetre des humains le cœur & la pensée ;
Dit ce qu'vne ame sent, de douleur oppressée,
Ou quels sont ses transports nageant dans le plaisir,
Ou s'animant de haine, ou brulant de desir :
Les vices, les vertus, & les humeurs diverses ;
Du sort capricieux les biens & les traverses ;
Des esprits moderez les jours délicieux :
Et les nuits sans sommeil des cœurs ambitieux :
Les douceurs de la Paix, les travaux de la Guerre ;
Et la honte & l'honneur des Princes de la Terre.
Enfin, d'vn vers pompeux, sa verve nous décrit
Tout ce qui reconnoist l'empire de l'esprit.
  Mais cet Art, qui comprend toute chose imitable,
Sçait mesler sagement l'vtile au delectable :
Par ses charmes flateurs le vice est abatu.
Il verse adroitement l'amour de la vertu.
Il amuse nos sens par ses feintes plaisantes ;
Arrachant de nos cœurs les épines nuisantes :

Puis y plante en leur lieu de bons enseignemens :
Comme vne Mere sçait, par des amusemens,
Charmer de doux plaisirs vne humeur enfantine,
Dans le temps que sa main verse la medecine.

    Cet Art noble & sçavant sçait former vn Guerrier,
Sage, pieux, humain, vaillant, avanturier,
Patient aux travaux, amateur de justice,
Honorant les beaux faits, & punissant le vice.
Tel que doit estre vn Roy, de qui les qualitez
D'vn peuple font les maux, ou les felicitez.
Pour dépeindre les Grands, & pour leur estre vtile,
Entrant dans leur palais, il s'arme d'vn haut stile.
Il se pare pour eux de pompe & de grandeur ;
Et fait luire en ses vers vne sage pudeur.
Puis il sçait s'animer d'vne noble furie,
Pour écarter loin d'eux l'erreur, la flaterie,
La fiere impieté, les médisans discours,
Et l'envie, & l'orgueil, pestes des grandes Cours.
Pour se rendre plus grave, il enfle sa parole.
La docte metaphore, & la forte hyperbole,
Sont de ses hauts pensers les riches ornemens :
Sans crainte il s'abandonne aux transports vehemens :
Et pour se faire voir des cieux originaire,
Dédaigne de parler vn langage ordinaire.
Car cet Art, imitant tout ce que voit l'esprit,
Suit les efforts humains que le sens luy prescrit :
Mais si-tost qu'il invente vne belle avanture,
Il suit d'vn pas hardy l'Autheur de la nature ;
Et produisant au jour ce qui ne fut jamais,
Imite du grand Dieu les admirables faits.

D'abord, en méprifant d'entrer par la barriere,
Cet Art faute au milieu de fa longue carriere ;
Et jette les efprits dés ce premier moment,
Dans l'agreable efpoir d'vn grand evenement.
Ayant par le defir attaché les oreilles,
Il charme doucement par fes doctes merveilles,
Conduit fes grands deffeins d'vn fil ingenieux ;
Enforcelle nos fens d'vn fon harmonieux ;
Et mefle adroitement, d'vne veine fertile,
Le faux avec le vray, le doux avec l'vtile.
Puis pour rendre à l'efprit vne belle clarté,
Et ne l'engager pas dans vne obfcurité,
Il fait choix à propos des matieres naiffantes,
Pour faire vn beau recit des chofes precedentes.
Ce difcours eft fuccint, clair, doux, & merveilleux,
Plein d'accidens divers, de combas perilleux,
De contes inoüis, & de fameux voyages ;
Tantoft marquant des mers les dangereux paffages,
Tantoft les regions, les ports, & les citez,
Toûjours divertiffant par fes diverfitez.
Enfin dans ce doux point l'ame fe voit conduite,
Qu'elle apprend le paffé, dont elle fçait la fuite.
    Sortant de ce détroit avec tant de plaifir,
D'entendre ce qui refte, elle fent vn defir.
Cet Art avance alors le grand corps de fa fable,
Qui bien que merveilleufe, eft toûjours vray-femblable ;
Et dont le fondement pris fur la verité,
Fait recevoir pour vray tout le faux inventé.
Aux grandes actions, glorieux il s'attache :
Des moindres fe défait, les neglige & les cache.

Il fait vn noble choix, & décrit seulement
Ce qu'il a reconnu capable d'ornement :
Les querelles des Rois, à leurs Estats funestes,
Et du peuple innocent les dangereuses pestes :
Les horribles combas, les sieges, les assauts ;
De deux camps ennemis la force ou les defauts,
Des plus nobles Guerriers la diverse vaillance,
L'vn vaillant par vertu, l'autre par arrogance,
Vn autre par espoir, ou par necessité,
Par ruse, par l'exemple, ou par brutalité.
Il dit les sentimens de plaisir, ou de peine ;
Les fortes passions, ou d'amour, ou de haine ;
Des esprits agitez les diverses raisons :
Il choisit des pensers, & des comparaisons.
Il décrit les saisons, le calme, les tempestes,
Les monts qui vers le ciel haussent leurs fieres testes,
Dans les fertiles champs les passe-temps divers,
Et la faim & la soif dans les affreux deserts :
Et les fleuves courans, & les claires fontaines,
Et le vol des vaisseaux sur les humides plaines.
Il décrit quand se leve ou s'éteint le Soleil,
Des spectacles publics le superbe appareil,
Les temples, les palais, les pompeux sacrifices,
Des plus rares beautez l'éclat ou les caprices,
Les cœurs qui sont reglez par les loix du devoir,
Et ceux que la fureur ne cesse d'émouvoir :
Des humeurs des mortels les divers caracteres ;
Les desseins, les conseils, trompeurs ou salutaires :
Les celestes avis sur les Estats douteux ;
Ceux des traistres Demons, & leurs succés honteux :

Dieu

Dieu jaloux pour les siens, les Demons pleins de rage.
Ainsi cet Art divin bastit son grand ouvrage,
Ou pour vn seul dessein, fatal à l'Vnivers,
S'interessent le Ciel, la Terre, & les Enfers.

Ainsi l'illustre Homere, & le fameux Virgile,
Avec leur docte veine, & la pompe du stile,
Pour plaire aux vains mortels, attachez à leurs Dieux,
Donnent à leurs Heros des cœurs religieux,
Font descendre du Ciel des Deïtez visibles,
Evoquent des Enfers des puissances nuisibles :
Et le Ciel & l'Enfer (tant le sujet est grand)
Ne semblent occupez qu'à ce seul differend.
Mais leurs feintes jamais, pour estre vray-semblables,
Des cultes étrangers n'ont emprunté les fables :
Et jamais dans leurs chants, si beaux, si reverez,
Ils n'ont produit des Dieux en Egypte adorez.
Osyris, Anubis, leur estoient méprisables ;
Et mesme leur sembloient des monstres détestables.
Ils pensoient que leurs Dieux eussent esté jaloux,
Et les eussent punis par vn juste courroux.
Et nous, qui possedons vn heur incomparable,
Instruits par les leçons du seul Dieu veritable,
De ce Dieu si jaloux méprisant la fureur,
Nous cherchons le secours des Dieux dignes d'horreur.
On nous dit que sans eux tout ouvrage est sterile ;
Que les fables des Grecs sont le seul champ fertile :
Qu'à leurs inventions on est accoûtumé :
Que sans elles, nul vers ne peut estre estimé.
On invoque sans cesse Apollon & les Muses.
On croit que par eux seuls les graces sont infuses :

B

Que les vers n'ont sans eux ny force ny beauté.
Mais manquons-nous d'esprit, & de Divinité,
Pour aller emprunter, dans nostre secheresse,
De l'esprit & des Dieux, de Rome & de la Grece?
Cet Estat manque-t-il d'hommes ingenieux?
Le vray Dieu ne peut-il, ce qu'ont pû les faux Dieux?
  Monarque valeureux, dont la feconde terre
Est aussi glorieuse en beaux arts comme en guerre,
Dont le solide esprit, égal à ton pouvoir,
Si juste en ses discours, si promt à concevoir,
Sçait de tous les Estats la force & la foiblesse;
Sçait conduire le tien avec tant de sagesse;
Et fait connoistre à tous, de ta gloire surpris,
Que ta France produit d'admirables esprits;
Qui veux que du vray Dieu le culte se maintienne,
Surpassant tous les Rois en pieté Chrestienne;
Pourras-tu plus long-temps de ce siecle pervers
Endurer les complots contre les nobles vers,
Dont les sujets divins font les seules merveilles
Qui doivent contenter nos cœurs & nos oreilles?
Et dont on peut former des ouvrages parfaits,
Si l'on est animé du Dieu qui les a faits?
Pourquoy faut-il aux Grecs ceder la gloire entiere?
Nous les surpasserons en art, comme en matiere.
Mais l'envie & l'erreur veulent que de ton temps
On ne puisse esperer des efforts éclatans.
Pour donner à ce mal la forte medecine,
Il faut t'en découvrir la honteuse origine.
  Deux pestes sans relâche infectent ton Estat,
Tantost d'vn cours secret, tantost avec éclat,

Dont l'vne eſt la maiſtreſſe, & de l'autre eſt ſuivie,
L'Impieté brutale, & la jalouſe Envie,
Qui ne peuvent jamais rien voir que de travers ;
Et jugeant mal de tout, jugent mal des bons vers.
  La fiere Impieté, molle & voluptueuſe,
Ne penſe rien de haut, eſt lâche, & pareſſeuſe.
Elle veut dans les jeux, le luxe & les feſtins,
Au mépris de la gloire, allonger ſes deſtins :
Sans ceſſe veut languir dans la faineantiſe ;
Et jamais ne conſeille vne noble entrepriſe.
Elle eſt toute charnelle, & cache ſes ſuppoſts
Sous le honteux ſecret de leurs traiſtres complots.
Rarement ſur ſa ſecte elle fait quelque ouvrage,
Ou toûjours ſous le doute elle cache ſa rage :
Ou de ſes écrivains les dogmes plus preſſans
Pour preuve n'ont jamais que l'orgueil de leur ſens.
Et le plus grand effort de ces ſçavantes teſtes,
Eſt de vouloir prouver qu'ils ne ſont que des beſtes.
Pour gagner des combas, des villes, ny des forts,
Ny pour reduire vn peuple, ils ne font point d'efforts ;
Et dans toute l'Europe on ne ſçait point d'exemples,
Qu'vn impie ait détruit ny des Croix ny des Temples.
Mais toûjours ſous le doute, & ſous l'obſcurité,
Ils tâchent d'étouffer la claire verité.
Ils rejettent ſans ceſſe, ainſi qu'vne impoſture,
Ce qui paſſe l'eſtat de l'humaine nature :
Ne veulent point de Dieu qui de fait, ou d'écrit,
Produiſe rien jamais qui paſſe leur eſprit ;
Et leur ſotte doctrine, en malices feconde
Eſt qu'il n'eſt point, ſans corps, d'eſprit en tout le monde.

La venimeuſe Envie, à l'écumeuſe dent,
Jette ſur tout merite vn regard impudent ;
Blâme tout bel ouvrage ; & d'vn eſprit ſevere,
Borne toute merveille à ce qu'elle ſçait faire.
Si-toſt qu'vn jeune Peintre a ſceu faire vn portrait,
La Peinture, dit-il, n'a rien de plus parfait.
Et ſi-toſt qu'vn Rimeur peut baſtir à ſa mode
Vne Eclogue, vn Sonnet, vne Satyre, vne Ode,
Ou de promts Madrigaux ſur des ſujets divers,
Pour moy, je hay, dit-il, les heroïques vers.
Pluſieurs les ont tentez, mais nuls n'en peuvent faire.
Noſtre Langue n'a pas la force neceſſaire.
Noſtre Religion n'oſe y meſler les Dieux.
Ses ſujets ſont ſans grace, eſtant trop ſerieux.
Ainſi ſa noire Envie, en flatant ſa foibleſſe,
Pour l'élever ſur tout, contre tout l'intereſſe ;
L'emplit d'amour pour luy, pour d'autres de mépris ;
Et luy donne la palme entre les grands eſprits.
Grand Roy, l'Impieté, jointe à la Jalouſie,
Ne peut donc ſupporter la haute Poëſie,
Lors que par vray-ſemblance, elle appelle en ces lieux
Les hoſtes differens des Enfers ou des Cieux.
Les Anges, les Demons, leur ſont inſupportables.
Ces eſprits, à leur ſens, ne ſont point vray-ſemblables.
D'Hercule ils aiment mieux apprendre les hazards,
Et les faits de Bacchus, de Mercure, ou de Mars,
L'vn larron, l'autre yvrogne, & l'autre vn ſanguinaire,
Mais de qui les combas ſont vn ſecret myſtere.
Iamais n'a dit la Fable vn ſeul de ſes exploits.
Devant Troye, au combat, on le vit vne fois :

Mais il s'enfuit foudain à Iupiter fon pere
Monftrer comme vn enfant fa bleffure legere,
Par qui luy fut alors maint vice reproché,
Comme vn pere en courroux traite vn fils débauché.
Telles font les grandeurs, les merveilles des fables,
Que nos rares efprits jugent incomparables.
Pour blâmer les faints chants, & les rendre odieux,
Ils élevent au ciel les chantres des faux Dieux ;
N'ont jamais que pour eux des loüanges fuprêmes,
Et veulent qu'on les loüe en leurs foibleffes mefmes.

Toutefois, fi l'on croit ces illuftres cenfeurs,
Il faut, pour te chanter, appeller les neuf Sœurs.
Il faut, pour te donner vne immortelle gloire,
Mefler fans ceffe Mars à ta brillante hiftoire ;
Dire qu'aux bords du Lis on le vit aux combas
Animer ta valeur, & conduire tes pas.
Qu'il te rendit luy feul tes conqueftes faciles :
Que c'eft luy qui t'a pris tant de puiffantes villes.
Que c'eft luy qui t'a fait, dans les rudes hyvers,
Par ton hardy courage, étonner l'Vnivers ;
Que luy feul conduifit ta foudaine entreprife,
Quand on vit en vn mois la Bourgogne conquife.

Quand le peuple aux Autels fans relâche efperant,
Demandoit par miracle vn miracle plus grand,
Vn fils donné du ciel, que la France contente
Puft voir, en fes beaux jours, furpaffer fon attente ;
Les Mufes chanteront, que pour vn fi grand don
Les François reclamoient Iupiter & Iunon.
Car (felon ces Docteurs) aux rares avantures,
Aux effets attendus des merveilles-futures,

Aux étonnans fuccés des combas perilleux,
Les Dieux doivent toûjours faire le merveilleux.

   Les Mufes, du vray Dieu ne nous peuvent rien dire,
Croyant que fur les Dieux Iupiter tient l'empire.
Quiconque les invoque, oferoit-il jamais
Parler en liberté du Dieu qui nous a faits?
Vn indigne ramas de mille ames impies,
Dans le vice & l'erreur lâchement affoupies,
Par vn traitre concert de préceptes récens,
Ne veut rien recevoir qui furpaffe les fens.
Sans vertu, fans fçavoir, fans merites, fans titres,
Ils fe font hardiment erigez en arbitres:
N'obfervant nulle loy, ny de Dieu, ny des Rois,
Ils ofent fierement nous impofer des loix;
Et mefme ont refolu, par vn rare myftere,
Qu'vn feul de leurs mépris eft vn arreft fevere.
Pour vn Ange placé dans mille vers parfaits,
Du Parnaffe, vn Poëte eft banny pour jamais.

   Quelle feinte des deux eft la plus vray-femblable,
D'appeller au fecours, contre vn camp effroyable;
Ou Mars, ce furieux, cet ennemy des loix,
Dont la fable en fes chants n'a conté nuls exploits;
Ou cet Ange fameux, de qui le fer agile
De fiers Affyriens meurtrit neuf fois vingt-mille?
Combien font de fureur les efprits agitez,
Qui préferent la fable aux grandes veritez?
Qui des deux eft plus grand, fi quelqu'vn les compare,
Lequel eft glorieux par vn effet plus rare,
Ou le Dieu de Moïfe, ou le grand Iupiter?
Ou le charme d'Helene, ou le charme d'Efther?

Ou le fougueux Achille, ou celuy qui sur l'herbe
Abatit le grand corps du Philistin superbe,
Et qui toûjours aidé du celeste secours,
Etouffa dans ses bras des lions, & des Ours?
Ou le sage Nestor, ou le puissant Elie?
Ou Venus, ou Iudith, honneur de Bethulie?
Ou le pieux Enée, ou le Chef sans pareil
Qui par vne parole arresta le Soleil?
Pallas, ou Debora, qui du puissant Sisare
Par sa forte valeur rompit le camp barbare?

Et si l'on veut encor comparer les fureurs,
Qui des deux dans l'esprit causera plus d'horreurs,
Ou d'Alecton la rage allumant les Provinces,
Ou celle * d'Athalie, yvre du sang des Princes?
Tisiphone, ou d'Herode & la femme & la sœur?
Megere, ou Iesabel, des Prophetes la peur?

Tout impie est confus, lisant la sainte Histoire;
Puis croit la démentir ne voulant pas la croire.
Par les Prophetes saints tant de † noms annoncez,
Aux sinceres esprits la confirment assez.
Pour te convaincre, Impie, aux veritez rebelle,
Fable pour Fable, au moins, qui crois-tu la plus belle?
Tant de faits merveilleux, & sans comparaison,
Si tu veux en douter, confondent ta raison.
Et tu dis que des Dieux les chimeriques fables,
Sont pour les vers pompeux des sujets plus traitables.
Aux grands effets de Dieu rien ne peut s'égaler;
Et la feinte si haut n'a jamais pû voler:

*Athalie, qui fit tuer tous les Princes de la race de David.

† Cyrus annoncé par Isaïe, l'Empire des Grecs, par Daniel.

Car de l'esprit humain la nature est bornée ;
Des limites du sens sa force est terminée.
Des feintes, les excés pleins de temerité
Ne font jamais d'accord avec la verité,
Des Grecs le merveilleux n'est jamais veritable.
Mais les grands faits de Dieu passent l'imaginable.
En eux seuls, au mépris des contes fabuleux,
La verité s'accorde avec le merveilleux :
Et le Vers heroïque aura sa gloire entiere,
S'il en peut, par son art, égaler la matiere.
   Ie presente, Grand Prince, vn modelle à tes yeux,
Qui fera méprifer les ridicules Dieux ;
Efther, astre brillant dans nos Livres antiques,
Qui confondra l'erreur des injustes Critiques ;
Fera voir qu'en la Fable il n'est rien de si beau ;
Et pour les éclairer, servira de flambeau.
Tu verras des François la force & le genie,
Et si nostre langage est privé d'harmonie.
Ils font tort à ta France : Enfin qu'ils fassent mieux
Avec leur grand secours des Fables & des Dieux :
Ou qu'ils ne cachent plus, par vn indigne outrage,
Le defaut de leur sens, sous celuy du langage.

F I N.

ESTHER.

POËME.

PREMIER CHANT.

IE sens d'vn feu divin vne vive étin-
   celle,
Qui dans mon ame allume vne clarté
   nouvelle,
Et qui d'vn siecle obscur m'anime à
   mettre au jour
L'effet le plus puissant des charmes de
   l'amour.
Ie chante du grand Dieu les forces triomphantes,
Dans le cours d'vn seul jour cent batailles sanglantes,
Ce prodige étonnant, cet exploit sans pareil,
Le plus grand que jamais éclaira le Soleil;

C

Israël glorieux aprés sa longue épreuve ;
Esther, source sans bruit, qui devint un grand fleuve ;
Les justes châtimens dûs aux perfides cœurs ;
Les superbes vaincus, & les humbles vainqueurs.
  Seigneur, qui par tes faits, où brilla ta puissance,
Confondis des Tyrans l'indomtable arrogance ;
Et dont l'esprit divin, montrant à l'Univers
Dans un volume seul tes miracles divers,
Y peignit d'un seul trait tant d'illustres matières,
Dont la moindre eût remply des histoires entières ;
Fay reluire en mes vers une feconde ardeur,
Afin que ton triomphe éclate en sa splendeur.
Fay qu'à tous les mortels j'apprenne pour ta gloire,
Comment de leurs vainqueurs ton Peuple eut la victoire ;
Et comment si long-temps des Perses opprimé,
Mesme dans ton courroux il fut ton bien-aimé.
  Des Princes d'Israël les crimes detestables
Avoient meslé le juste avec tous les coupables,
Qui d'une ingrate main, à des Dieux impuissans,
Par un trompeur espoir prodiguerent l'encens ;
Qui sauvez, establis, vangez par cent miracles,
Asseurez du vray Dieu, conduits par ses oracles,
Par son bras tout-puissant secourus tant de fois,
Tant de fois menacez des prophetiques voix,
Enfin, pour leurs forfaits, dans un pays estrange,
Dispersez sur les bords de l'Eufrate & du Gange,
Trembloient sous le pouvoir de leurs rudes Tyrans,
Et souffroient dans l'exil cent malheurs differens.
  Déja Zorobabel, de son peuple le pere,
Aprés le temps finy de la juste colere,

Avoit par sa prudence , & par ses soins actifs ,
Reconduit dans Solyme vn nombre de captifs.
Le reste répandu par les vastes provinces ,   [ces ,
Plus seur sous leurs vainqueurs, que sous leurs lâches Prin-
Dans vn pieux desir , au mépris des dangers ,
D'enseigner vn Dieu seul aux Estats estrangers ,
Preferoit au sejour de leur chere patrie
L'heur d'arracher des cœurs la folle idolatrie ;
Et le juste Eternel , pour le prix de leur foy ,
Choisissoit de leur sang vne épouse au ✳ grand Roy ;
Qui charmé par ses yeux , par l'éclat qui l'anime ,
Par ses rares vertus , par son esprit sublime ,
Et par le doux accord de ses attraits divers ,
Dignes d'assujettir le Roy de l'Vnivers ,
Vouloit dans peu de jours la mettre au rang suprême ,
Et parer sa beauté du royal diadême :
Quand Lucifer confus parmy ses noirs sujets ,
Honteux que cet honneur détruise ses projets ,
Contre nous donc , dit-il , ce Roy-mesme conspire ,
A qui de l'Orient je confirmay l'Empire ,
'Dans le champ où † Cyrus , son frere audacieux ,
Avec les vaillans Grecs déja victorieux ,
Rompant les Escadrons de la nombreuse armée ,
Vid son ambition par sa mort reprimée.
Il va combler de gloire , en dépit des enfers ,
Ceux que j'avois chargez & de honte & de fers.
Quoy ? ce peuple , de CHRIST la racine fatale ,
Arraché par les miens de sa terre natale ,

*Assuerus Artaxerce.
† Frere d'Artaxerce.

Abbatu sous les maux dont il estoit puny,
Va dominer aux lieux où je l'avois banny ?
Leur Dieu m'a confondu dans ma propre victoire ;
Et de leur esclavage à sceu tirer sa gloire ;
Par leur trompeur exil veut estendre sa loy ;
De moy-mesme se sert pour triompher de moy ;
Par eux me fait sans-cesse une secrette guerre.
Car ne pouvoit-il pas les punir dans leur terre,
Par le fer, par la faim, par un air empesté ?
Toûjours il les conserve, encore qu'irrité.
Il se laisse fléchir par jeusnes, & par veilles.
Il les rend glorieux par de rares merveilles.
Il fait que dans les fers ils captivent les cœurs :
Puis il les fait regner sur leurs propres vainqueurs.

A peine le * grand Roy qui domta l'Idumée,
En Perse eut ramené sa triomphante armée,
Et pour semer sa gloire, eut par cent regions,
De ses esclaves Iuifs semé les millions ;
Que se voyant guery d'un soin qui l'inquiete,
Il adore le † Iuif ; d'un songe l'interprete ;
Luy donne le pouvoir sur cent peuples divers :
L'establit sous luy seul maistre de l'Univers ;
Et confesse, honorant sa sagesse admirable,
Que le Dieu d'Israël est le seul adorable.

Le Grand Cyrus à peine au trône fut placé,
Qu'estonné de son nom d'un †† Prophete annoncé,
Il adore le Dieu qui sceût ses avantures,
Qui seul sçait & conduit les merveilles futures.

* Nabucodonozor.   † Daniel.
†† Isaïe.

A trente-mille *Hebreux il rend la liberté ;*
Tient les autres contens dans leur captivité ;
Rend les vafes facrez, refait d'vn riche ouvrage
Et Solyme ma haine, & fon Temple ma rage.

 Maintenant Artaxerce, au comble du pouvoir,
Sans confulter ma voix par vn jufte devoir,
Hazardant fa puiffance, & la mienne jaloufe,
Parmy nos ennemis fe choifit vne époufe.
Sa beauté le confume, & du celebre jour
Il veut rendre la pompe égale à fon amour.
Mais il ignore encor de quel fang elle eft née.
Ie puis d'vn feul advis rompre cet Hymenée.
Déja fous ce grand Roy, prévoyant ce danger,
I'ay mis au premier rang vn fuperbe ✶ Eftranger,
Du fang de Macedoine, à nos autels fidelle,
Aman, qui m'eft lié d'vne chaifne eternelle ;
Avec fes vaillans fils, promts à fuivre ma voix,
Par vn commun accord engagez fous mes loix.
Le Roy fçachant par luy qu'elle eft de race Iuifve,
Ne voudra pas du fceptre honorer fa captive.
De la belle Vafthi le piquant fouvenir
Par nous à tout moment viendra l'entretenir :
Et fon premier amour, à fon decret contraire,
Des fept Iuges vaincra le confeil temeraire.

 Ainfi dit le Demon, dans fa rage irrité.
Il quitte les Enfers d'vn vol précipité.
Pendant la nuit tranquille il arrive au portique
Qui du palais d'Aman rend l'abord magnifique :

✶ Aman, dans la lettre d'Artaxerce, eft dit Macedonien.

Quand il voit tout à coup vne vive clarté,
Qui bien plus que la Lune éclaire la cité,
Qui diβipe & confond ses malices horribles;
Puis il entend sans bruit ces paroles terribles.
*Arreste, Lucifer. C'est * l'Ange ton vainqueur.*
D'Aman contre les Iuifs tu peux aigrir le cœur,
Faire que le grand Roy parle, tonne, foudroye.
Pour la seule terreur Dieu te les donne en proye.
Entrepren par Aman tout ce que son pouvoir,
Son orgueil, son dépit luy feront concevoir.
D'Esther Dieu te permet d'éprouver la constance.
Seulement sur sa race il t'impose silence.

*   L'Ange, aprés cet Arrest, s'envole dans les cieux.*
Et le Demon demeure étonné, furieux.
Confus dans ses projets, il redouble sa rage :
Mais soudain son orgueil releve son courage.
Hé bien, faisons, dit-il, ce qui nous est permis.
Je puis épouvanter, troubler mes ennemis.
A répandre l'effroy ma malice est sçavante.
C'est vaincre, c'est regner, que donner l'épouvante.
J'enrage de fléchir sous plus puissant que moy :
Qu'on borne ma fureur, qu'on m'impose vne loy.
Mais si cet Eternel, dont l'estre est mon supplice,
A pour luy la bonté, j'ay pour moy la malice.
Et dans le cœur humain, par les sens irrité,
Ma malice fait plus, que ne fait sa bonté.
Je puis par cent moyens rompre cette alliance.
Si je ne puis d'Esther découvrir la naissance,

* Michel.

J'étoufferay l'amour du Roy son seul appuy.
Ie ne puis rien sur elle, & je puis tout sur luy.
  Dans le royal sejour aussi-tost il s'emporte:
De la chambre du Roy sçait penetrer la porte,
Où dans vn doux sommeil ce Prince enseveli,
Avoit mis tout amour, toute peine en oubli.
Par vn songe étonnant, le Demon luy presente
De la fiere Vasthi l'image éblouissante.
Ses beaux yeux, son teint vif, & ses aimables traits,
Avec vn tel éclat ne brillerent jamais.
Le Prince, à son aspect, fremit & s'émerveille.
Ces mots semblent partir de sa bouche vermeille.
Voy, Monarque sans foy, réveille tes esprits.
Suis-je digne d'amour, ou digne de mépris?
Peux-tu, dans les Estats qui te rendent hommage,
Trouver tant de beauté, jointe à tant de courage?
Par vn juste refus je t'ay donc irrité?
Nul que toy, de me voir n'a jamais merité.
Tu sçais le sort d'vn ✱ Roy qui fit voir son épouse.
Crain l'esprit d'vne femme orgueilleuse & jalouse.
Ton vouloir surprenant, & l'espoir d'vn plaisir,
En tous, de ma presence émeurent le desir.
Et quand par mon refus leur attente fut vaine,
Tu choisis leur dépit pour juge de leur Reine.
Mais en m'ostant le sceptre, ils ne m'ont pas osté
Le renom immortel de la noble fierté.
  Aussi-tost disparoist l'imperieuse Image.
Dans le songe se forme vn lumineux nuage.

✱ Candaule Roy de Lydie.

Apollon se presente, ainsi qu'il est orné,
Quand la Fable le peint, de rayons couronné.
Artaxerce, dit-il, Quoy? sans vn sacrifice,
Sans m'avoir consulté pour me rendre propice,
Tu romps vn nœu sacré, fait devant mes autels,
Approuvé si long-temps des Dieux & des mortels,
Pour suivre vn faux advis de Iuges temeraires,
Cruels à tes plaisirs, pour paroistre severes?
Tu chasses de ton lit, au mépris de la loy,
Cette rare beauté que je formay pour toy,
Dont les siecles futurs aimeront la memoire,
Sçachant que son orgueil a conservé ta gloire,
Ingrat, perfide, impie, indigne de mon choix,
Qui t'a donné l'Empire, & t'a fait Roy des Rois:
Et celle que tu crois digne de ta fortune,
Sous vn modeste front, couvre vne ame commune.
Tu méprises mes dons? Si tu veux les quitter,
Quitte encore le trône où je t'ay fait monter.
Consulte ton devoir, ton honneur, ta sagesse;
Et redoute d'vn Dieu la fureur vangeresse.

Dans les ombres alors cette Image s'enfuit.
Soudain le Roy s'éveille, & ne void que la nuit.
Cent divers sentimens regnent dans sa pensée.
Apollon en courroux, & Vasthi délaissée,
Et sa premiere flâme, & son nouvel amour,
L'vn à l'autre opposez, l'agitent tour à tour.
Ainsi deux vents émûs, dans leur guerre soudaine,
Combattent sur les eaux, combattent sur la plaine,
Agitent, par l'effort de leurs souffles divers,
Les épics dans les champs, & les flots dans les mers.

Déja

Déja ſur l'oriſon la clarté renaiſſante
Réveille des mortels la Nature agiſſante ;
Et ranimant en tous les maux, ou les deſirs,
Ou rappelle aux travaux, ou rappelle aux plaiſirs.
Mais de tous les ſoucis que le réveil rameine,
Du plus grand des humains nul n'égale la peine.
Contre ces viſions qui troublent ſes amours,
Vient de ſa belle Eſther l'image à ſon ſecours.
Secours doublement cher, dont le pouvoir ſuprême
Chaſſe tout autre objet, toute peur, ſon Dieu même.
Mais du ſonge étonnant l'importun ſouvenir
Malgré luy ſe preſente, & veut l'entretenir.
Son cœur n'eſt pas content qu'avec tant d'avantages
Son amour pour Eſther combatte ces images.
Abſente elle triomphe, & ſe fait deſirer.
Il veut que ſa preſence aide à le raſſeurer,
Avant le temps certain qu'à luy-meſme fidelle
Il donne aux ſoins preſſans où ſon Eſtat l'appelle.
Il flote entre le doute, & la crainte, & l'eſpoir.
Il la mande, il rappelle, il brûle de la voir.
Confus dans ſes deſirs, en luy-meſme il balance :
Enfin il ſuit l'ardeur de ſon impatience.
Dans le ſejour d'Eſther il paſſe en vn moment.
La ſurprend à genoux, proſternée humblement,
Offrant, ſelon ſa loy, ſi-toſt que luit l'aurore,
Ses penſers & ſes vœux au ſeul Dieu qu'elle adore.
Plus promte à ſon devoir envers le Roy des cieux,
Qu'à parer ſa beauté d'vn habit précieux,
A luy ſeul en ſecret fervente elle veut plaire.
Son ame recüeillie en ce lieu ſolitaire,

D

Pour penser à luy seul luy fait tout negliger.
Ses beautez sans secours, son vestement leger,
Et ses cheveux ondez, épars à l'avanture,
Font voir que l'art souvent fait tort à la nature.
Confuse elle se leve à l'étonnant abord.
De respect & de crainte elle sent vn transport.
Car sans avoir l'honneur d'vn précedent message,
Iamais de voir le Prince elle n'eut l'avantage.
- *Mais d'vn visage doux il dissipe sa peur.*
Défen-moy, luy dit-il, contre vn songe trompeur.
Vn Dieu veut que mon cœur contre toy se rebelle;
Et malgré mon amour, veut me rendre infidelle.
Ou plûtost vn Démon, jaloux de mon bonheur,
Du sceptre des Persans veut te ravir l'honneur.
Mais je vay de l'Enfer confondre la malice;
Et contenter le Ciel par vn grand sacrifice.
D'Esther le teint de lis alors devint vermeil.
Elle implore de Dieu la force, & le conseil:
Puis sage elle répond au Maistre de la terre.
En vain, malgré le Ciel, l'Enfer me fait la guerre.
Ma bassesse de toy ne peut rien meriter.
Mais le Ciel t'apprendra si tu dois me quitter.
Ce discours humble & doux, marque de l'innocence,
Luy fait voir que du Ciel elle attend sa défence.
Plûtost que de la perdre, il veut perdre le jour:
Et dans ses yeux brillans renflâme son amour.
Il admire ses traits, sa douceur, & sa grace.
A regret il la laisse; à d'autres soins il passe.
La Princesse à Dieu seul remet tous ses souhaits,
Retourne à la priere; elle y demeure en paix:

De sceptre & de couronne elle y perd la memoire ;
Et veut qu'en l'Univers Dieu seul ait de la gloire.
  Aman par le Demon instruit en un moment,
D'une veste à fond d'or vestu superbement,
Descend de son palais, & d'un port venerable,
Jette un œil, fier aux uns, aux autres favorable.
Il s'avance à pas lents, de la foule suivy,
Qui pour le voir s'empresse, & l'approche à l'envy ;
Qui fléchit les genoux, & de vœux l'importune,
Aspirant aux faveurs de sa haute fortune.
Mais le Iuif Mardochée est le seul entre tous,
Qui jamais devant luy ne fléchit les genoux ;
Car il sçait reserver, d'un cœur ferme & fidelle,
Les suprêmes honneurs à l'Essence eternelle.
Aman qui void sous luy tant de lâches esprits,
Encore ne sçait pas ce sensible mépris.
Pharsandate son fils, enflé du sort prospere,
Qui regle son orgueil sur l'orgueil de son pere,
De trois pas le devance ; & ses riches habits
De tous sont admirez, flamboyans de rubis.
Il croit qu'à le former s'épuisa la nature ;
Et que par la faveur la vertu se mesure.
La troupe se renforce, à tous pas grossissant,
Comme un torrent neigeux qui des Alpes descend.
La garde du palais, si-tost qu'Aman arrive,
S'émeut, se met en rang, respectueuse, active ;
D'humbles adorateurs les passages sont pleins.
Plus croissent leurs respects, plus croissent ses dédains.
D'un seul de ses regards tous attendent leur gloire.
Tout honneur qu'on luy rend, luy semble une victoire.

                                        D ij

Des Satrapes la preſſe à ſon abord ſe fend.
Dans la chambre du Prince il paſſe en triomphant.
Le Roy, qui de ſon Dieu croit toûjours voir l'image,
Tâche à cacher ſa peine, & calme ſon viſage.
Mon pere, luy dit-il, j'attendois ton ſecours.
(De ce nom le Monarque honoroit ſes vieux jours)
En ſonge m'a paru le Dieu que je reſpecte.
Mais de ſes volontez la rigueur m'eſt ſuſpecte.
Le Ciel, répond Aman, donne ainſi des avis
Aux mortels à l'erreur par leur ſens aſſervis.
C'eſt ainſi qu'il nous parle: Auſſi les hommes ſages
Des ſonges n'ont jamais dédaigné les préſages.
Mais nul, reprend le Roy, ne doit s'en émouvoir,
Quand ils ſont clairement contraires au devoir.
Apollon & Vaſthi m'ont accablé d'injures ;
M'ont mis injuſtement dans le rang des parjures :
Aux reproches cruels ont meſlé des raiſons.
Mais je dois de l'Enfer craindre les trahiſons.
Les Demons envieux des puiſſances humaines,
Voudroient combler mes jours de ſoucis & de peines,
Et renverſer mon trône en renverſant mes loix.
Dans leurs juſtes honneurs j'ay maintenu les Rois ;
Lors que par le ſecours d'vne ordonnance promte,
Du refus de Vaſthi j'ay reparé la honte.
Depuis que j'aime Eſther, vn luſtre s'eſt paſſé ;
Et nul Dieu de ce choix ne s'eſtoit offenſé.
Pourquoy s'armeroient-ils d'vne fureur ſoudaine,
Quand je veux la choiſir pour en faire vne Reine ?
Sa ſublime vertu peut meriter les cieux.
Mais l'orgueil de Vaſthi ne peut plaire à nos Dieux.

Le Ciel injuſtement prendroit-il ſa querelle ?
Vaſthi jamais encor ne me parut ſi belle.
Quels yeux, quel teint, quels traits, quel port, quelle fierté ?
L'Enfer ſeul me l'a peinte avec tant de beauté.
Le Ciel aime d'Eſther l'admirable ſageſſe.
I'en veux croire Apollon, conſultant ſa Prêtreſſe :
Ie vay d'vn hecatombe honorer ſes autels :
Que luy-meſme pour Reine, il la donne aux mortels.
Ie dois croire ſa voix, mais je ne dois point croire
Vn ſonge qui détruit mon amour & ma gloire.
　　　Pharſandate attentif écoutoit ce propos.
L'ardeur de voir Vaſthi, qui troubloit ſon repos,
Se ranime au recit d'vne beauté ſi grande.
Aman eſt plein d'eſpoir : Et le Prince commande
Que ſoudain l'hecatombe, en ſuperbe appareil,
Soit preſt pour l'immoler au temple du Soleil.
Eſther, d'vne autre part, à Dieu ſeul attachée,
Qu'on l'aſſiſte de vœux, avertit Mardochée :
Que tout fidelle Hebreu ſollicite les cieux,
Afin que l'Eternel triomphe des faux Dieux.
Ils ſe couvrent de cendre, ils veſtent le cilice :
Et dans Suſe on prépare vn pompeux ſacrifice.
De blancheur éclatante on choiſit cent taureaux.
Déja de cire blanche on porte cent flambeaux.
Dans le temple déja la trompeuſe Pythie,
Par l'Eſprit, par Aman, pleinement avertie,
Médite la leçon que luy dicte l'Enfer,
Certaine d'accomplir les loix de Lucifer.
Bien-toſt marchent de rang les victimes parées.
Les feſtons ſont pendans de leurs cornes dorées.

D　iij

Les Preſtres de lin blanc reveſtus & mitrez,
Portent les encenſoirs, & les couteaux ſacrez.
De roſes & de lis leurs chefs ont des couronnes.
Tous entrent dans le temple, orné de cent colomnes,
Dont les jaſpes polis paroiſſent enflâmez,
Par les feux ondoyans des flambeaux allumez.
De la voute dorée vne large ouverture
Emprunte ſes clartez de l'œil de la Nature,
Qui répandu ſur l'or, l'anime, & le combat,
Et qui le fait reluire avec vn double éclat.
D'vn or pur eſt l'Idole en ce temple adorée;
Et d'or ſont les rayons dont ſa teſte eſt parée,
Couverts de diamans brillans de toutes parts,
Dont la vive ſplendeur ébloüit les regards.
L'Image eſt des Perſans la Deïté ſuprême;
Et quand le Soleil luit, paroiſt le Soleil meſme.
D'argent ſont les autels aux cent bœufs deſtinez,
Qui retardent leur mort par leurs fronts obſtinez.
De loin l'on voit venir, vers le vaſte portique,
Du Roy de l'Orient la troupe magnifique.
Dans vn ordre reglé tous marchent en leur rang.
Cent pages ſont veſtus & d'argent & de blanc,
Les plus beaux des enfans des plus nobles de Perſe.
Le blanc eſt la couleur que cherit Artaxerce.*
Puis des Eſtats divers les Satrapes pompeux,
Diverſement ornez, s'avancent deux à deux.
De perles, tous les Grands ont leurs veſtes ondées.
Les Gardes ont d'argent les caſaques brodées.

*Plutarque dit que la livrée d'Artaxerce eſtoit blanche, & celle de Cyrus eſtoit rouge.

Les Miniſtres d'Eſtat vont en riche appareil,
Interpretes des loix, du Prince le conſeil,
Les ſept Iuges fameux de la Reine rebelle,
Dont les noms ſont écrits ✶ d'vne plume immortelle.
Alors le puiſſant Roy, d'vn air imperieux,
Chargé de diamans, attire tous les yeux :
Par l'orgueilleux Aman ſa dextre eſt ſoûtenuë ;
De qui, par cet honneur, la faveur eſt connuë.
Ses dix ſuperbes fils de prés ſuivent le Roy ;
Et penſent qu'aprés luy tout tremble ſous leur loy.
Déja ſur le tripié la Pythie eſt aſſiſe :
De l'eſprit d'Apollon déja paroiſt épriſe.
D'vn bandeau de lin blanc elle a le front lié.
Ses cheveux ſont couverts d'vn creſpe délié.
Vn veſtement auguſte honore ſa vieilleſſe.
Sa gravité paroiſt digne d'vne Prétreſſe.
Soudain monte à la voute vn nuage d'encens.
Le ſang eſt répandu des taureaux mugiſſans ;
Et les Preſtres inſtruits d'vne voix infernale,
Annoncent tout bonheur ſous la loy conjugale,
Conſultant les ſecrets des ſanglans inteſtins ;
Et promettent au Roy la faveur des deſtins.
Puis l'auguſte Monarque, à ſa brillante Idole,
D'vn cœur franc & ſoûmis, adreſſe ſa parole.

    Flambeau de la Nature, ame de l'Vnivers,
Dieu qui vois en vn jour mille peuples divers,
Qui regnes dans les cieux, ſur la terre, & ſur l'onde ;
Qui ſçais tout ; qui fais tout par ta vertu feconde ;

✶ Dans la ſainte Ecriture.

Soleil, je te dois tout : car du Ciel où tu luis,
Tu m'as donné l'Empire, & fait ce que je suis.
Un songe m'a troublé : délivre-moy de peine.
Inspire ta Prêtresse, & nous donne une Reine.

Aman, aprés ces mots, conçoit un grand espoir,
Que du Dieu la Pythie apprendra le vouloir ;
Et qu'il va déclarer injuste & temeraire
Des sept Iuges Persans le decret trop severe.
Le Prince, pour Esther ne ressent nulle peur :
Croit apprendre du Dieu que le songe est trompeur.
Son cœur n'est point émeu : mais la grande assemblée,
Attentive à l'Oracle, est craintive & troublée.
Sur le tripié branlant la Prêtresse fremit.
Elle rougit tantost, tantost elle blêmit.
Elle croit qu'au dedans le Demon l'a saisie,
Voulant nommer Vasthi pour Reine de l'Asie :
Qu'elle va prononcer en pleine liberté
L'Arrest qu'en sa faveur Lucifer a dicté.
Mais d'un penser divers elle est inquietée :
Et d'un trouble impreveu son ame est agitée.
Tout son corps est tremblant : le feu sort de ses yeux.
Elle suë, elle souffre un tourment furieux.
Elle combat un Dieu : de tous le cœur frissonne.
Du Démon tout-à-coup le secours l'abandonne.

Prince, dit-elle enfin, je cede au grand pouvoir.
Ie ne puis d'Apollon déclarer le vouloir.
Un Dieu plus fort que luy me force de te dire
Que la vertu d'Esther est digne de l'Empire.

Le Monarque est content. Aman est interdit.
Le peuple, pour son Prince, a l'Oracle applaudit.

La Prêtresse se cache & de honte & de rage.
Le Ciel se couvre alors d'un tenebreux nüage.
Le temple s'obscurcit : puis de brillans éclairs
D'une clarté soudaine illuminent les airs.
On entend les éclats d'un terrible tonnerre.
On void branler la voute, on sent trembler la terre.
L'Idole est renversée, & se brise en morceaux.
Mais le nüage obscur ne verse nulles eaux.
L'Astre perce le voile, & répand sa lumiere.
Telle force eut d'Esther la constante priere.

Fin du premier Chant.

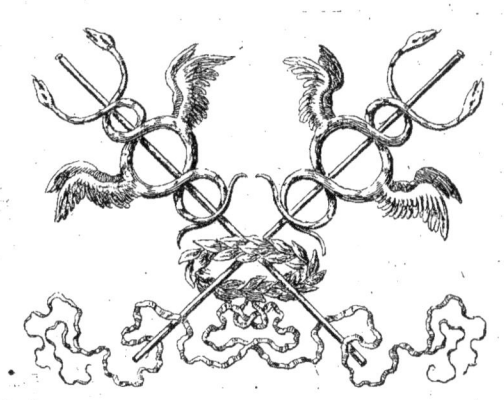

E

ESTHER
POËME.

SECOND CHANT.

E nüage s'enfuit : le Soleil plus riant
Semble partir encor des bords de l'O-
rient ;   [tage,
Et comme glorieux d'avoir eu l'avan-
Triomphe de l'orgueil de sa trompeuse
    image.
La foule est toute émeuë ; & les Prê-
    tres surpris
Font un soigneux ramas du précieux débris.
Le Prince ordonne alors qu'au temple l'on ameine
Celle qu'un puissant Dieu donne au Monde pour Reine :
Voulant que tout son peuple admire sa beauté
Dans l'appareil pompeux dés long-temps appresté.

E ij

Il veut de la couronne orner sa belle teste.
Son choix, qui plaist au Ciel, luy semble vne conqueste.
Dans l'ardeur de la voir, il modere son cœur ;
Sçachant des grands apprests l'ordinaire lenteur ;
Et pour calmer vn temps sa prompte impatience,
Des Dieux il veut sçavoir la diverse puissance.
En sa chaise il se place ; & la troupe des Grands
Est assise plus bas, chacun selon leurs rangs.
Aman est à sa dextre : à gauche le grand Prestre.
Seroit-ce Iupiter, qui des Dieux est le maistre,
Dit le Roy, ce vainqueur, qui fait taire Apollon,
Et malgré luy, d'Esther a prononcé le nom ?
Les Dieux seroient-ils donc l'vn à l'autre contraires ?
Le Pontife a recours aux fables mensongeres.

Des Dieux, on sçait, dit-il, les sentimens divers,
Quand le rapt de Paris partagea l'Vnivers.
Du Ciel furent aussi les forces partagées :
On vid Iunon, Pallas, pour les Grecs engagées ;
Et pour elles, Neptune en son couroux ardent,
Abatoit Ilion des coups de son trident.
Venus, Mars, Apollon, à Troye estoient fidelles,
Des injustes mortels soûtenant les querelles.
Iupiter balançant les regardoit des cieux ;
Et cedoit au Destin, plus fort que tous les Dieux.
Dois-je des Immortels découvrir le mystere ?
Du Soleil dés long-temps je connois la colere.
Dés long temps Apollon vsurpe ses autels ;
Et détourne sur luy les encens des mortels.
Le Soleil, qui void tout, qui fait tout dans le Monde,
Des biens de la Nature est la source feconde,

Est la source des Dieux, est le seul éternel ;
Et nul autre sur luy n'a le droit paternel.
Ils tiennent de luy seul leur éclat, & leur estre.
De luy seul ils sont nez : car seul il fait tout naistre.
Il fait le jour, la nuit, le soir, & le matin ;
Et puisqu'il conduit tout, luy seul est le Destin.
Des peuples d'Orient c'est le Dieu tutelaire :
Car ils sont les premiers que sa splendeur éclaire.
  Cependant Apollon, de Latone enfanté,
Pour quelques arts produits, par la Grece vanté,
A merité le Ciel ; & sa trompeuse histoire
Luy donne du Soleil la conduite & la gloire.
Sous les noms tant chantez d'Apollon, de Phebus,
Les Prestres du Soleil ont souffert cet abus.
Car qui peut reprimer vne erreur populaire ?
Du Soleil à ce coup a paru la colere.
Qu'à Delphes, qu'en Delos, on adore Apollon :
Qu'à luy soit le Parnasse, & son sacré vallon :
Qu'il soit flaté des Grecs par leurs fables menteuses :
Mais qu'ils consultent seuls ses réponses douteuses.
Desormais le Soleil, si juste en ses saisons,
En son chemin reglé par ses douze maisons,
A montrer chaque jour sa majesté divine,
Le seul visible Dieu, sans fin, sans origine,
Qui par vn ordre exact represente en son cours
La pure Verité, sans ombre, & sans détours,
Et dont Peintre ou Sculpteur ne peut faire l'image,
Ait de tout l'Orient le souverain hommage.
  Ainsi ce faux Pontife, adroit en ses discours,
De sa docte malice empruntant le secours,

Privoit de ſes honneurs l'Autheur de la Nature ,
De qui l'Aſtre du jour n'eſt que la creature :
Au plus beau des objets que les yeux puiſſent voir,
Donnoit ce qui n'eſt dû qu'au ſouverain pouvoir ;
Et voyant ce debris , par vne adreſſe promte,
De l'Enfer confondu vouloit couvrir la honte.
Il parle avec audace ; & tous les aſſiſtans
Preſtent l'oreille avide , étonnez , & contens.
Le Roy croit qu'il luy donne vn remede à ſes ſonges ;
Et pour des veritez , reçoit tous ſes menſonges.
L'Impoſteur , par ſa langue , amuſe tous les ſens ;
Il forge des leçons aux credules Perſans.
Il répond gravement aux demandes ſubtiles
Que luy font tour à tour les ſept Juges habiles.
Il conte qu'autrefois Apollon fut puny :
Qu'il fut pour ſon orgueil de l'Olympe banny ;
Et paiſſant les troupeaux ſur les rives d'Amphriſe ,
Des Cyclopes meurtris expia l'entrepriſe.
Qu'avec droit le Soleil , contre luy s'émouvant ,
Veut le bannir encor des temples du Levant :
Défend qu'avec Phebus nul jamais le confonde ;
Et veut avoir à part ſon culte dans le monde.
Le Prince avec ſa troupe , ému par ces diſcours ,
D'Apollon ne veut plus implorer le ſecours.
Chacun vers le Soleil ſe retourne & l'adore ,
Comme l'vnique Dieu des peuples de l'Aurore.
    Pendant ces entretiens , ces reſpects , & ces vœux ,
D'Eſther ſe preparoit le triomphe pompeux.
Sous le dome du temple , au centre où fut placée
L'Image du faux Dieu maintenant renverſée ,

Vn promt theatre eſt fait, haut de quatre degrez,
De ſomptueux tapis recouverts & parez.
Vn trône eſt au milieu, d'or pur, & dont l'ouvrage
Au précieux métal diſpute l'avantage,
De quatre lions d'or ſoûtenu par le bas.
Deux tigres de ſaphirs en forment les deux bras.

Les troupes dans le temple attentives, muettes,
Entendent tout-à-coup retentir des trompettes.
Le Roy monte en ſon trône ; & les Grands de ſa Cour,
Selon leurs rangs divers, ſont aſſis à l'entour.
La pompe cependant, par ſes ordres inſtruite,
Dans Suſe, du Palais vers le temple eſt conduite.
Cent Chevaliers Perſans s'avancent les premiers,
Deux à deux, à pas lents, ſur de nobles courſiers.
Dix Herauts les ſuivoient, portans de riches maſſes.
Puis trois autels d'argent, à trois pieds, à trois faces,
Par neuf Preſtres portez, veſtus pompeuſement,
D'vn meſme rang paſſoient, & d'égal mouvement,
Où ſe gardoit le feu de durée immortelle,
Déſignant du Soleil la ſplendeur eternelle.
Vingt Mages à l'entour, d'vn air grave & pieux,
Entonnent du Soleil l'hymne melodieux.
Vne troupe d'enfans, cinq à cinq ordonnée,
Marche, au nombre des jours qui compoſent l'année.
Tous portent de drap d'or vn veſtement pareil ;
Et ſont, comme les jours, les enfans du Soleil.
Cent filles vont de rang, de Suſe les plus belles,
Sur de fiers chevaux blancs, à taches iſabelles.
D'or eſt leur corcelet, leur juppe à fond d'argent.
Leur pennache eſt épars, leur viſage ombrageant.

Chacune l'arc en main diversement éclate ;
Et la trousse leur pend d'vne écharpe incarnate.

　Dans leurs chars separez, riches, & découverts,
Des Satrapes venus de cent païs divers,
Les femmes à l'envy de raretez parées,
Etalent leurs beautez, des peuples admirées.
En suite vont de rang, dans vn superbe éclat,
Les Epouses des Grands, des Ministres d'Estat.
Aprés toutes paroist, en pompe singuliere,
De l'orgueilleux Aman, Zara la femme fiere.
De si grandes beautez les spectateurs surpris,
Doutent à qui leurs yeux doivent donner le prix.

　Sept compagnes d'Esther, ses cheres confidentes,
Apprises dans les arts, modestes, & contentes,
Voyant luire ce jour si long-temps desiré,
Occupent vn grand char, peint d'azur, & doré.
Sur vn haut Elephant, d'vne couleur étrange,
Pris aux forests du Mont qui fait naistre le Gange,
Au Monarque envoyé comme vn rare present,
Est vn grand bassin d'or, de saphirs reluisant.
La couronne y paroist, de diamans brillante ;
Et du sceptre à l'envy la richesse éclatante.
De douze plaques d'or l'animal est orné ;
Et de pennaches blancs a le chef couronné.

　Alors paroist plus loin le beau char de la Reine,
De dix chevaux Persans vn long ordre le meine,
Tous de vive blancheur, deux à deux attellez,
Traînans, de longs fils d'or leurs crins entremeslez.
Chacun d'eux a pour Guide vn Perse adroit & sage,
Qui marche à son costé, qui calme son courage,

Et

Et qui romt les élans de son agile corps,
Par vne écharpe blanche, attachée à son mords.
Tous, à manche pendante ont vne courte veste,
D'argent, sur vn fond blanc, meslé d'vn bleu celeste.

Le char, de lames d'or couvert de toutes parts,
Par sa riche splendeur éblouit les regards.
Mais, à l'envy de l'or, sur le char étincelle
Du Monde la plus sage, ainsi que la plus belle.
Aux astres, ses beaux yeux ont vn éclat pareil.
Sa bouche est de coral, son teint blanc & vermeil.
De la Terre & du Ciel, c'est le parfait ouvrage.
Ses beaux traits à l'envy contestent l'avantage,
Et sa taille, & sa grace, & ses bras, & ses mains.
Rien jamais de si beau ne parût aux humains.
On croit voir icy-bas briller vne Immortelle.
Elle paroist à tous rougir d'estre si belle.
Sa robbe est de drap d'or, semé de diamans:
Mais la Nature en elle orne ses ornemens.
Telle, mais bien plus fiere, & plus imperieuse,
Ramenoit son armée & riche & glorieuse,
Quand elle triomphoit des Bactres déconfis,
Ou des Rois de Lybie, ou de ceux de Memphis,
Depuis que son grand cœur l'éleva sur le trône,
*La * Belle qui bastit les murs de Babylone.*

Vingt enfans, tous pareils de taille & de beauté,
Accompagnent le char, d'égale gravité;
Tous, en riches habits, à tocques emplumées,
De perles, ont par tout leurs casaques semées.
Vn Aigle d'or s'éleve au dos du char pompeux,
Qui pour défendre Esther du Soleil outrageux,

* Semyramis.   F

Tient son corps en suspens, en étendant ses aîles,
Pour luy donner l'abry de ses plumes fidelles;
Comme quand sur sa proye vn grand Aigle s'étend;
Et l'attaquant du bec, des Vautours la défend.
Puis suivent cent Beautez, au Prince des plus cheres,
En dix longs chars dorez, en forme de galeres.
Chacun en porte dix, en cinq bancs, deux à deux,
L'élite d'Orient, d'vn œil fier & honteux,
Sentant leur cœur attaint d'vne aspre jalousie,
Par le grand choix d'Esther pour Reine de l'Asie.
Mais de tous, sur Esther, les yeux sont arrestez.
Sa beauté triomphoit de toutes ces Beautez.
On l'admire, on l'adore, on entend dans la presse
Des cris d'étonnement, d'amour, & d'allegresse.
Iamais peuple ne vid vn si celebre jour.
La pompe arrive au temple, & se range à l'entour.
Des femmes seulement la troupe magnifique,
Quittant chevaux & chars, est receuë au portique.
Chacune dans le temple a sa place & son rang,
Selon que le décide ou le sort, ou le sang.
Les Gardes font en haye vn espace avec peine.
Le Prince dans son trône attend la sage Reine.
Sur deux riches carreaux, de perles rehaussez,
La couronne & le sceptre à ses pieds sont placez.
Alors paroist Esther, ayant pour sa conduite
Les sept jeunes Beautez, les filles de sa suite.
Deux soutiennent ses mains, & cinq en mesme-temps
De sa robbe à longs plis portent les riches pans.
Et sa rare vertu met sa grande victoire
A joüir sans orgueil d'vne si grande gloire.

Vers le Prince elle avance, & se courbe humblement.
Il descend les degrez, moins en Roy, qu'en Amant :
Luy fait present du sceptre, & luy met la couronne.
Puis la meine avec luy se placer sur le trône.
De leurs sieges, les Grands se levent à l'entour ;
Devant elle aux degrez, s'inclinent tour à tour.
Dans le temple à son rang chacun luy rend hommage :
Les Rivales suivoient, en dépit de leur rage.
D'Apollon, le Grand Roy prétend estre vainqueur ;
Et pense plaire au Ciel, quand il plaist à son cœur.
Des Mages cependant la charmante musique,
D'vn heureux hymenée entonne le cantique ;
Ou des jeunes les chants, meslez aux fortes voix,
Des temps, en divers tons, suivent les mesmes loix.
Par le Prince, en son char, la Reine est ramenée.
Il veut que Suse ait l'heur de la voir couronnée :
Que par les yeux le peuple ait part à son tresor :
Qu'avec la mesme pompe on la conduise encor.
Il retourne au palais avec sa cour royale.
La Reine en mesme-temps reprend sa marche égale.
Les peuples prosternez, éperdus, & contens,
Témoignent leurs transports par leurs cris éclatans :
De loin suivent son char, d'vn œil insatiable.
Tous admirent du Roy le choix incomparable.

 Elle rentre au palais ; le Roy sent en son cœur
Autant de doux transports qu'elle reçoit d'honneur.
Du triomphe d'Esther il en fait son ouvrage.
Mais plus il est content, plus l'Enfer a de rage.
Par elle ses projets ont vn sort malheureux.
Il void que sa grandeur releve les Hebreux.

Plus il void que la joye est publique dans Suse,
Plus il met en fureur la Prêtresse confuse,
Et Vasthi, qui cachée, & d'vn œil irrité,
De sa Rivale a veu la pompe, & la beauté.
Elle en a ressenty l'objet insupportable.
Ah! que ce jour cruel à l'autre est dissemblable,
Quand le Prince amoureux, & tant d'adorateurs,
Firent à sa beauté de semblables honneurs.
　　Son amour cependant consume Pharsandate.
De desirs insensez il s'émeut, il se flate.
Elle est pour tout mortel recluse en son palais.
Il ne sçait ce qu'il aime, il ne la vid jamais.
Vn recit, vne ardeur des Demons secondée,
D'elle, forge en son ame vne admirable idée.
Il croit que tant d'attraits que la pompe a fait voir,
Doivent ceder à ceux qu'il a sceu concevoir.
Car rien n'est si charmant en toute la Nature,
Qu'vn chimerique objet, qu'vn esprit se figure,
Qui par son grand orgueil se forme vne beauté
Digne de son desir, & de sa vanité.
L'Enfer, par cet amour, veut que sa rage éclate,
Pour Vasthi furieuse, animant Pharsandate:
Veut se vanger du Prince, & luy ravir le jour,
N'ayant pû de son cœur arracher son amour.
Enfin ce fol Amant à Dictyne s'adresse.
(Dictyne estoit le nom de la vieille Prêtresse)
Ie brûle pour Vasthi, dit-il, & pour la voir
Ie dévoüe aux Demons ma vie & mon pouvoir.
Sans la voir, je ne sens, ny fortune, ny joye.
Par adresse, ou par charme, il faut que je la voye.

C'eſt, dit-elle, vn ſouhait dont tu dois te guerir :
Puiſque nul, de la voir n'aura l'heur ſans mourir.
Ses lions affamez, par ſes ordres ſeveres
Ont déja devoré deux mortels temeraires.
Nulle peur à ces mots ne ſçauroit le ſaiſir.
Et meſme le danger irrite ſon deſir.
Plus ſon feu s'en accroiſt. Mais il veut, par Dictyne,
De cette loy cruelle apprendre l'origine.
   Lors que le Roy, dit-elle, eut en ſon grand feſtin,
A ſes feux pour Vaſthi, joint la chaleur du vin,
Il conceût le deſir de montrer à ſes Princes
La plus rare beauté de ſes vaſtes provinces.
Il la mande trois fois : ſon ordre eſt ſans pouvoir.
Hors le Roy, tout luy ſemble indigne de la voir.
Du refus il s'irrite ; & ſoudain dans ſon ame
Sa colere ſe rend maiſtreſſe de ſa flâme.
Il s'anime, il ne peut, dans cette double ardeur,
Supporter cet affront, qui bleſſe ſa grandeur.
Il cede à ſept Perſans le jugement ſuprême :
Il y ſoûmet la Reine, il s'y ſoûmet luy-même.
L'amour meſme à leurs loix ſoûmet ſon intereſt.
Il jure par ſes Dieux, d'obſerver leur arreſt.
Du crime, diſent-ils, abſoudre la Princeſſe,
C'eſt en Perſe établir l'Epouſe pour maiſtreſſe.
Nulle de ſon Epoux ne ſuivra plus la loy.
En cedant à Vaſthi, tu ceſſes d'eſtre Roy.
Chaſſe de ton palais cette orgueilleuſe Reine,
Pour conſerver des Rois la grandeur ſouveraine.
Auſſi-toſt par le Roy, de dépit enflâmé,
Avec nouveau ſerment l'arreſt fut confirmé.

Puis les chaudes vapeurs luy fermant la paupiere,
Luy firent sans réveil passer la nuit entiere.
Mais quand le vin fumeux eut au lever du jour
Fait place à la Raison, la Raison à l'Amour,
La beauté de Vasthi revient dans sa memoire.
Sur toutes les beautez elle emporte la gloire.
Son cœur rebelle aux loix, ne la sçauroit bannir.
Son serment luy défend l'heur de la retenir.
Quel effort fait sur luy le bel objet qu'il aime,
Disputant au serment l'authorité suprême ?
Des Iuges, dans son trouble, arrive le secours.
Ils soûtiennent l'arrest par leurs graves discours.
On mande le grand Prestre, & j'y suis appellée.
Du serment fait aux Dieux son ame est ébranlée.
Il est seul pour l'amour, & tous sont pour l'honneur.
Tous pour ne pas flétrir l'éclat de sa grandeur,
L'asseurent que pour Reine, vne autre dans l'Asie,
Plus belle que Vasthi, luy peut estre choisie.
Il veut encor sa veuë : on en craint le danger.
De ses fers pour jamais on veut le dégager.
Il leur demande au moins cette derniere joye.
Mais c'est trahir le Roy, que souffrir qu'il la voye.
On l'exhorte à chasser ce desir suborneur,
Qui souhaite vn poison funeste à son honneur.
Contre l'amour, dit-il, l'honneur me sollicite.
Faut-il, pour vn serment, Vasthi, que je te quitte ?
Hé bien, à le tenir, ô Dieux, me voilà prest.
Va donc, Dictyne, va luy prononcer l'arrest.
Dy luy qu'à mon serment enfin ma flâme cede
Mais je ne puis souffrir qu'vn autre la possede.

Pourveu que nul jamais ne l'ait fous fon pouvoir,
Qu'elle demande tout : j'excepte, de me voir.
Ie vay vers la Princeffe, & luy dis la fentence.
Mais fon cœur, fans fléchir, garde fon arrogance.
En elle fon orgueil a fceu tout affoupir.
Il n'en fort ny regret, ny larme, ny foûpir.
Ses yeux font toûjours fiers, fa voix eft toûjours fiere.
Son port maintient toûjours fa majefté premiere.
I'accepte fon decret, dit-elle, & luy promets
Que nul moindre que luy ne me verra jamais.
Ie les feray mourir, fi quelqu'vn s'y hazarde.
Mon orgueil, contre tous, fera ma feure garde.
Au plus grand des humains j'ay refervé mes yeux :
Mais bien que l'on condamne vn refus glorieux,
Il faut qu'en fes mépris ma fierté fe maintienne.
I'apprens fa volonté : voicy quelle eft la mienne.
De Reine je prétens le titre pour jamais.
Ie veux, felon ce rang, qu'il me donne vn palais.
De filles feulement j'y veux eftre fervie.
L'homme qui m'y verra, foudain perdra la vie.
De Vafthi, le grand Roy fçait par moy le defir :
Flate en la contentant, fon propre déplaifir :
Luy choifit vn Palais ; & liberal luy donne
Des domaines feconds, dignes d'vne couronne,
Meubles & vafes d'or, perles & diamans ;
Et fait du beau fejour hafter les ornemens.
De fes vœux fatisfaits Vafthi fiere & contente,
De fes filles envoye Omphale aux arts fçavante,
Afin que tous les lieux foient ornez par fon choix :
Luy donne fes deffeins, fes penfers, & fes loix.

ESTHER.

De richeſſes ſans prix, de tous lieux aſſemblées,
Les amples cabinets, les chambres ſont meublées.
Les voutes, les lambris, brillent d'or & d'argent.
A l'envy du travail l'art paroiſt diligent.
Mais ſur tout eſt ornée vne ſuperbe ſalle,
Qui dans tout l'Vnivers n'eut jamais ſon égale.
Par cent pilaſtres d'or, cent miroirs diviſez,
L'vn dans l'autre font voir leurs quadres oppoſez;
Dont la vaſte largeur, que la hauteur ſurpaſſe,
A mille objets divers étend vn grand eſpace:
Vingt amples braſiers d'or, de lions ſupportez,
Sont comme autant d'autels, de dix pas écartez,
D'où s'éleve d'encens vne douce fumée,
Dont en des temps préfix la ſalle eſt parfumée:
Et cent chandeliers d'or, à dix bras étendus,
Sont devant les miroirs de la voute pendus.
Dans le fond de la ſalle vn trône d'or éclate,
Hauſſé ſuperbement de dix degreʒ d'agathe.
Sur le dos élevé de ce trône pompeux,
Vn paon étend ſa queuë, encor plus orgueilleux,
Dont les plumes d'émail, & vertes & dorées,
De mille diamans ſont richement parées.
Cette ſalle eſt ſon temple: elle y tient chaque jour,
(Pour ſouler ſon orgueil) ſa glorieuſe cour.
Là le jour ne luit point: de ce temple on le chaſſe.
Et de mille flambeaux la clarté tient ſa place.
De cent filles dans Suſe elle avoit fait le choix,
Promtes à ſes deſirs, ſoûmiſes à ſes loix,
Toutes de noble ſang, belles, fieres, & graves.
Du meſme ſexe encor elle avoit cent Eſclaves.

Là

Là toutes, à genoux, en riches veſtemens,
La regardent briller de mille diamans.
Elle a le chef orné d'vne double couronne.
Rien n'égala jamais l'éclat qui l'environne.
Les miroirs oppoſez, font voir à l'infiny
Pilaſtres, chandeliers, & braſiers d'or bruny :
Puis vn nombre ſans fin d'humbles adoratrices,
Qui font à ſon orgueil goûter mille delices.
Elle-meſme s'y voit regnante en mille lieux.
Ses yeux ſont à ſon gré ſeuls dignes de ſes yeux.
Elle-meſme s'admire, elle-meſme s'adore ;
Et ſur tout ce qui brille, eſt plus brillante encore.
Vive elle eſt enfermée en ce riche cercueil,
Qu'on nomme avec raiſon le Palais de l'orgueil.
Car jamais dans le Ciel les Dieux & les Déeſſes
N'eurent tant de beautez, de ſplendeurs, de richeſſes ;
Et devant leurs autels ne virent tant de feux ;
Et jamais n'ont receu l'encens de tant de vœux.
Là, non loin des abords, dans vne court ſecrette,
Trois lions ſont grillez, chacun dans ſa retraite,
Où tout homme imprudent, ou d'eſprit curieux,
Que l'audace ou le ſort fait entrer en ces lieux,
Eſt conduit, & puny d'vne mort effroyable,
Comme veut, par ſa loy, la Reine impitoyable.
  Les Iardins ont des fleurs de cent païs divers,
Avec mille arbriſſeaux toûjours fleuris & verds.
Les canaux ſont bordez de baluſtres de jaſpe,
Où nagent des poiſſons du Gange & de l'Hydaſpe.
Vn bois delicieux, pour de longs promenoirs,
Preſente la fraîcheur de ſes ombrages noirs.

G

Les courts ont mille oiſeaux, de different plumage,
Et de tons differens de cris, ou de ramage:
Ce palais ſomptueux, de merveilles remply,
Au gré de la Princeſſe, enfin fut accomply.
Iamais ne fut au Monde vne priſon ſi belle.
Elle y ſouffre ſouvent mon entretien fidelle.
Les ſoins que je luy rends ne luy déplaiſent pas.
Là mon Eſclave ſeule accompagne mes pas.
Ton ame, pour la voir, eſt-elle encore émeuë,
Puis qu'vne mort cruelle eſt le prix de ſa veuë?

Les beautez, les perils que tu m'as fait ſçavoir,
Augmentent, répond-il, mon deſir de la voir.
Ie ſeray des lions le vainqueur ou la proye,
Aprés que de la voir j'auray receu la joye.
Déja tout devoré par mes deſirs ardents,
Des lions affamez je mépriſe les dents.
Cherche pour mon ſecours, & meſme pour ta gloire,
Les plus rares ſecrets de la ſcience noire.
Ainſi jadis Medée, en faveur de Iaſon,
Ardent pour conquerir la fameuſe toiſon,
Par ſes charmes puiſſans, ſecourable, & ſçavante,
Endormit du Dragon la paupiere veillante.
Mais, dit-elle, pour plaire à ton cœur curieux,
Il faut dans ce palais endormir tous les yeux.
Pour toy, je pourray bien, par charmes, par amorce,
Des lions arreſter la fureur & la force.
Mais afin que ta flâme ait vn heureux ſuccés,
Il te faudroit prés d'elle avoir vn libre accés.
Sois, en habit d'Eſclave, auſſi douce que belle;
Tu pourras avec moy paroiſtre devant elle.

A cinq lustres à peine ont atteint tes beaux jours.
Du Ciel & de l'Enfer tu verras le secours.
Il accepte, à ses vœux ce projet favorable.
En Esclave il paroist, d'vne mine agreable.
Au palais avec elle il entre impunément.
Tous regards sont trompez par son déguisement.
L'vne & l'autre est admise en la salle éclairée,
A l'heure qu'à genoux la Reine est adorée.
D'vn objet si brillant Pharsandate est surpris.
Sa beauté luy paroist sans égale, & sans prix ;
Et surmonte en son cœur, de tant d'art secondée,
Celle dont son desir s'estoit formé l'idée.
Seul, en ce lieu, sans feinte il l'adore à genoux.
A Dictyne, Vasthi montre vn visage doux.
Pharsandate à ses vœux la croit déja sensible ;
Et reçoit pour luy seul cette grace visible.
La Reine, en la douleur que son ame ressent,
Ne peut se contenir, de son trône descend,
De loin tendant les bras, accourt vers la Prêtresse ;
Et l'Amant veut qu'à luy cette faveur s'adresse.
O ! Dictyne, à ce coup, dit-elle, il faut mourir.
Viens-tu pour voir ma mort, ou pour me secourir ?
Mon ame cette nuit à toy s'est adressée ;
Et ta rare science a connu ma pensée.
Iusqu'à ce choix du Roy, j'ay pû, de son amour,
Gardant mon rang de Reine, esperer le retour.
Il me le confirma, lors que son ame émeuë,
Offrant tout à mon choix, n'excepta que sa veuë.
Il manque à son serment, si j'ay gardé ses loix.
L'Estat ne peut souffrir deux Reines, ny deux Rois.

Faisant une autre Reine, il se montre parjure.
Aux Dieux, plus qu'à moy-mesme, il a fait une injure.
Belle Reine, Apollon, dit Dictyne, est pour toy.
Mais un autre des Dieux donne Esther au grand Roy.
Apollon, dit Vasthi, doit punir Artaxerce ;
Doit mettre un autre Prince au trône de la Perse.
Il faut par un seul coup renverser ses arrests.
Au vouloir d'Apollon joignons nos interests :
Et si quelque autre Dieu d'Esther prend la défense,
Tu sçais l'art d'appeller l'infernale puissance.
Et si l'Enfer pour moy ne veut pas s'engager,
Ie trouveray des mains qui sçauront me vanger.

   Voicy, dit Pharsandate, une main toute preste
A te donner du Prince & l'Empire & la teste.
As-tu donc, dit la Reine, entendu mon discours ?
Et quelle force as-tu, pour m'offrir ton secours ?
Princesse, dit Dictyne, accepte sa colere.
Cette fille est hardie, & brûle de te plaire.
A ta juste douleur je joindray mon courroux,
Et celuy d'Apollon furieux & jaloux.
I'y veux joindre Alecton, Megere & Tisiphone.
Enfin, par leurs fureurs, je te rendray le trône.
Enten, ce qu'Artemis a conceu dans son sein.

   Belle Reine, pour toy je trame un grand dessein,
Dit la feinte Artemis : Et d'une voix divine
Le Ciel m'a fait sçavoir quel Prince il te destine.
Ie te diray sa race, & ses faits glorieux,
Les exploits de son Pere, & ceux de ses Ayeux,
Ce qu'en luy la fortune a joint à la Nature,
Et son pouvoir present, & sa grandeur future.

Mais dans vn lieu secret, de témoins écarté,
Donne-moy, ma Princesse, vne ample liberté.
Ie le veux, dit la Reine attentive & contente.
Puis elle appelle Omphale, adroite & confidente,
Promte à flater ses vœux, son orgueil, ses ennuis :
En trois corbeilles d'or fait apporter des fruits,
A qui nul autre au monde en goust ne se compare.
De sa suite superbe aussi-tost se separe :
Dans vn grand cabinet les conduit à grand pas,
Dont les tableaux font voir la fable de Pallas,
Quand la fiere Arachné crut que son riche ouvrage
Pourroit sur la Déesse emporter l'avantage.
Des beautez de Vasthi Pharsandate est épris :
Pour cacher ses transports, il calme ses esprits ;
Et charmé des attraits de sa grace admirable,
Sent, sous vn feint habit, vn amour veritable.

Fin du second Chant.

ESTHER.

POËME.

TROISIÉME CHANT.

E I A *fur vn lit d'or, de dix aigles porté,*
La Princeſſe couchée affecte ſa fierté,
Tient l'œil fur Artemis, & gardant
    le ſilence,
Cache ſous ſon orgueil ſa vive impa-
    tience.
La Prêtreſſe eſt aſſiſe : vn carreau
    fomptueux
Reçoit en lieu plus bas l'Amant reſpectueux,
Qui pour le long recit où ſa feinte l'engage,
Compoſe adroitement ſa voix & ſon viſage,

Jette sur la Princesse vn regard adoucy,
Médite son histoire, & la commence ainsi.

Au fertile climat, prés du fameux rivage
Où la vague aux Hebreux fendit vn grand passage,
Et dans ses goufres creux, à l'instant refermez,
Noya de Pharaon les escadrons armez;
Vers le Soleil naissant, sont les Amalecites,
Dont l'Arabe & les mers font les longues limites;
La race d'Amalec, Prince de grand renom,
Qui bastit la Cité, celebre par son nom;
Et fut le vaillant fils d'Eliphas dont le *pere
Vendit, pressé de faim, son aisnesse à son frere.

Mais ces Peuples jaloux qu'Israël glorieux
De l'Egypte & des mers déja victorieux,
Dans les aspres deserts conduit par des Oracles,
Domtoit & faim & soif par de frequens miracles;
Que leur grand † Conducteur faisoit tomber des Cieux
La manne nourrissante en ces steriles lieux,
Et tiroit d'vn rocher les ondes jallissantes;
Par vn soudain effort, attaquerent leurs tentes;
Ne respecterent pas, de fureur transportez,
Ceux que les flots émeus mesme avoient respectez;
Pour leur nombre, craignant de les avoir pour maistres,
Bien qu'ils fussent leur sang, nez de mesmes ancestres,
Qui par leurs grands troupeaux, & les coutres tranchans,
Du fertile Canan cultiverent les champs.

Des Hebreux irritez, vne vaillante élite
Combattit prés d'Oreb l'armée Amalecite:
Et leurs écrits sacrez ont appris aux humains,
Que pendant que Moyse au ciel levoit les mains,

* Esaü.   † Moyse.

De

De son Dieu sur le mont, implorant l'assistance,
D'Amalec les Hebreux surmontoient la vaillance :
Et si-tost que ses bras estoient las & baissez,
Les Iuifs par Amalec, se sentoient renversez.
Le Ciel leur donne enfin la sanglante victoire :
Et le passage seul fut le prix de leur gloire.

 Enfin, quand par le cours de leurs heureux destins
Ils furent possesseurs des beaux champs Palestins,
Et des fortes citez des terres Idumées,
Ils voulurent des Rois, pour Chefs de leurs armées.
Saül, vaillant guerrier, par vn celeste choix,
Fut d'vn accord public le premier de leurs Rois,
Quand Agag, éclatant de race & de merites,
Donnoit ses justes loix aux fiers Amalecites.
Leur Dieu se souvenant de cet assaut soudain
Qu'Amalec fit aux Iuifs que conduisoit sa main,
Quand il faisoit du Ciel pleuvoir leur nourriture,
Anime leur courage à vanger cette injure :
Leur fait, par son Prophete, annoncer son vouloir,
De détruire Amalec, soûmis à leur pouvoir ;
De n'avoir que leur sang pour prix de leur conqueste :
Ne veut pas que le Iuif en reserve vne teste.
Saül choisit soudain deux cens mille guerriers,
Avec dix mille encor, tous vaillans Chevaliers.
Agag d'vn plus grand nombre assembla son armée :
Et par luy de ses Dieux l'aide fut reclamée.
Il prodigue l'encens, il leur fait mille vœux.
Mais craignant la fureur du grand Dieu des Hebreux,
Qui par le sang de tous prétend estre assouvie,
Et qu'avec la bataille il ne perde la vie ;

H

Il commande à Sobal, si la rigueur du sort
Dans le cruel combat le destine à la mort,
D'emporter, escorté de deux troupes legeres,
Son fils & ses tresors sur trente Dromadaires,
Vers l'Arabe Aretas, son plus puissant amy,
Dans la fidelité par cent nœuds affermy.

Ie passe la sanglante & cruelle journée,
Qui par la mort d'Agag fut enfin terminée.
Mais le sage Sobal, fuyant de ses Estats,
Ne commit pas le Prince à l'avare Aretas ;
Craignant pour son dépost le fort de Polydore,
Confié par Priant au ✶ Tyran du Bosphore.
Il conduisit l'Enfant, dont Zabas fut le nom,
Par les monts de Galad, & de Sir, & d'Hermon,
Sans détour, sans repos, passe en la Phenicie ;
Puis, pour voguer en Grece, arrive en Cilicie.
Ils s'éloignent du port, d'esperance remplis.
A peine avoit Zabas deux lustres accomplis :
Mais il fait déja voir, à l'air de son visage,
Sa noblesse de sang, d'esprit, & de courage.
Sur le fort de l'Enfant, pour la gloire animé,
Sobal veut consulter l'Oracle renommé.
Il passe prés des bords de Crete & de Zacynthe :
Enfin arrive à Cyrrhe, au Golphe de Corinthe,
Seul port de la Phocide, où l'heureuse Cité
Delphes a dans ses murs le temple si vanté.
Du navire aussi-tost sort la noble jeunesse,
Cent des plus éclatans en courage, en richesse,

✶ Polymnestor Roy de Thrace.

Prés du Prince élevez, compagnons de son sort ;
Et cent sur le vaisseau sont laissez dans le port.
Vers Delphes à l'instant la brigade s'avance.
Cinquante vont devant, tous d'illustre naissance,
Deux à deux, d'un pas grave, en habits somptueux.
De toutes parts accourt le Grec tumultueux,
Regarde en admirant ces Estrangers modestes,
Les turbans à cent plis, & les superbes vestes,
L'arc & la trousse au dos, le javelot en main.
Tous calment leur fierté par leur regard humain.
Quatre coursiers suivoient, tous de taille diverse,
Nez dans les aspres lieux d'Arabie & de Perse.
Sur deux, en mesme rang vont Sabal & Zabas.
Deux en main, par élans interrompent leurs pas.
Dix vases précieux, que le peuple contemple,
Ensuite sont portez pour le present du Temple :
Et la pompe finit par cinquante guerriers,
Qui d'habits & de rangs égalent les premiers.
      La Cité d'Apollon les reçoit, les admire.
Vn Prince en mesme-temps, arrivé de l'Epire,
Par la porte opposée entre en riche appareil,
Et vient du mesme Dieu rechercher le conseil.
Vers le temple déja sa troupe est avancée,
Aux Prestres d'Apollon déja s'est adressée.
Les presens sont receus, le sacrifice est fait :
Du Prince, la Prestresse a conceu le souhait.
Mais de l'esprit divin se sentant échauffée,
En sa bouche aussi-tost sa voix est étouffée.
Puis elle dit ces mots, instruite de son Dieu :
Vn Prince aimé du Ciel va paroistre en ce lieu.

H ij

Tien ton ame en suspens : attens, & je t'annonce
Qu'Apollon pour tous deux fera mesme réponse.

   La troupe de Zabas au temple entre à l'instant.
A peine, aprés ses dons, la Prestresse l'entend.
Elle prévient sa voix ; & d'vn regard farouche
Aux Oracles sacreZ elle ouvre ainsi sa bouche.

   Caran, race d'Hercule, issu du sang des Dieux,
Va dans la Macedoine, où t'appellent les Cieux.
Tu seras son Seigneur, & source des Monarques
Pour l'Empire du Monde ordonneZ par les Parques.
Et toy, Roy d'Amalec, dépoüillé par le sort,
A Caran sois vny par vn fidelle accord.
Noble race ✶ d'Edom, Chef des Rois d'Idumée,
Fais avec luy l'amas d'vne vaillante armée.
Fay sans crainte, Caran, de puissans appareils.
Du fidelle Sobal suy les prudens conseils :
A ta rare valeur join sa rare sagesse.
De son Prince à tes vœux, il joindra la richesse.
Croy que du sang des deux vn Prince doit sortir,
A qui tout l'Vnivers se doit assujettir.

   Ainsi dit la Pythie, & tous dans le silence
Sont ravis, sont confus, sont remplis d'esperance.
Par l'avis du grand Prestre ils se joignent les mains :
Puis joignent leurs conseils, & s'ouvrent leurs desseins.
Caran, d'vn cœur sincere asseure que dans † Pelle
Au rang de Souverain la Noblesse l'appelle,
D'vn peuple dominant, & de grossieres mœurs,
Lasse de supporter les changeantes hnmeurs.

✶ Esaü fut nommé Edom.
† Capitale de la Macedoine.

Qu'il eſt gendre & voiſin du Prince de l'Epire,
Dont le puiſſant ſecours le porte à cet Empire.
Qu'il pretend aſſembler dix mille Grecs vaillans.
Sobal, pour cet amas, aſſeure cent talens.
Bien-toſt furent choiſis ſoldats & Capitaines,
De Thebes, & d'Argos, & de Sparte, & d'Athenes.
Zabas ainſi du Prince aſſembla le ſecours ;
Et fut Chef d'vne armée au printemps de ſes jours.
Il range ſes ſoldats : chacun déja l'admire.
Caran doit commander les forces de l'Epire.
Sobal fait du vaiſſeau ſortir tous ſes treſors ;
Veut qu'il paſſe les flots des Theſſaliques bords :
Y laiſſe cent guerriers : puis ordonne au Pilote
D'attendre ſon vouloir dans vn port Epirote.

    Mais, ma Reine, que ſert de dire les combas,
La valeur de Caran, & celle de Zabas ?
Enfin la Macedoine en ſix ans fut conquiſe,
Et Zabas, pour ſon prix, eut la Princeſſe Eliſe,
Fille du Conquerant, & de Cœnus la ſœur,
Qui du Monarque heureux fut l'heureux ſucceſſeur.
Zabas fut ſous ces Rois le Chef de deux provinces,
Et comme le plus cher, le plus grand de leurs Princes.
Le fidelle Sobal, chargé de gloire & d'ans,
Du Prince avant ſa mort, éleva les enfans,
Dont par la Macedoine, & l'Epire, & la Thrace,
Fut éparſe en cent ans la genereuſe race.

    Puis de l'heureux Eſtat le puiſſant protecteur,
Du jeune Prince Erops & l'oncle & le tuteur,
Le vaillant ✶ Amadathe, abbatit la furie
Du rapide torrent des peuples d'Illyrie.

    ✶ pere d'Aman, ſelon l'hiſtoire ſainte.   H iij

Son fils aimé du Ciel, le glorieux Menon,
Qui d'Aman, par prudence, a pris l'illustre nom,
Fut son égal, en faits dignes de sa noblesse,
Mais plus grand en fortune, en esprit, en sagesse.
   Sitalce, Roy de Thrace, en ses seconds Estats,
Fit de vaillans guerriers vn effroyable amas,
Pour fondre en Macedoine, en ces temps agitée,
Et qui d'vn nouveau trouble en fut épouvantée.
Perdicas, son Monarque, estonné, balançant,
Pour soûtenir ce choc, s'estimoit impuißant.
Il croit manquer de force, en manquant de courage;
Et cherche vn seur abry pendant ce grand orage.
En vain Menon l'anime à bien munir ses forts,
A s'opposer sans crainte à leurs puißans efforts.
Rien ne peut l'aßeurer, qu'vne soudaine fuite.
La royale famille à Lariße est conduite,
Du Roy Theßalien la plus forte cité,
Et des voisins émeus l'vnique seureté:
Croyant qu'aprés le cours de la fureur premiere,
Sur l'Ennemy commun fondra la Grece entiere.
Menon, avec regret, l'escorte & le conduit;
Et console, en fuyant, sa femme qui le suit,
Zara, qui belle & sage en grand cœur le seconde,
De dix fils genereux heureusement feconde.
   Pour flater les langueurs d'vn ennuyeux sejour,
De son Roy, pour vn temps, il fuit la triste cour.
D'Apollon à Zabas ayant sceu la promeße,
Il veut sur ses destins consulter sa Prestreße.
A Delphes il conduit son Epouse & ses fils.
Il paße au second jour les montagnes d'Otrys,

Puis les flots du Cephise, à Delphes il arrive ;
Enfin rend à ses vœux la Pythie attentive.
Va, dit-elle, Menon, les Dieux te sont amis.
Pour ta race, à Zabas l'Vnivers fut promis.
Du sang de Macedoine vn Prince devoit naistre,
Qui du vaste Orient doit se rendre le maistre.
De Perdicas, sans bruit, tu dois te dégager.
Passe en la Cilicie avec vn camp leger.
O ! Prince, sur ton front que de grandeur éclate !
Plus de grandeur encor reluit en Pharsandate.
La couronne l'attend : mesme je luy promets
La plus rare beauté que le Ciel fit jamais.
Apollon veut encor qu'avec vous je m'engage ;
Que pour ces veritez je vous donne vn ostage,
Tout l'espoir de mes jours, mon vnique Artemis.
Par elle, comme à vous, vn grand heur m'est promis.
Suivez tous ses conseils : car elle est animée
De l'esprit qu'eut jadis la Sibylle Cumée.
Par tout elle est voüée a servir Apollon.
Par tout de son esclave elle prendra le nom.
Ma Reine, c'est ainsi que je fus destinée
A te servir vn jour pour vn grand hymenée.

Alors Zara, Menon, & tous ses nobles fils,
D'étonnement, d'espoir, d'ardeur furent remplis.
Pour se faire obeyr, que les Dieux ont de charmes !
Menon leve en secret des ✶ Dolopes gendarmes,
Des, ✶ Lapithes guerriers, de vaillans ✶ Mirmydons.
Zara, ses fils, & moy, constans, nous l'attendons,

✶ Tous peuples de Thessalie.

Pendant qu'au gré du Ciel il fait par artifice
Sortir secretement ses tresors de Larisse.

   Ie laisse du départ les recits moins charmans.
Mon histoire m'appelle aux grands evenemens.
De deux mille guerriers on arme six navires.
Nous arrivons à ✱ Tharse, aidez par les Zephyres.
En ces bords de l'Asie, & dans ces grands climas,
Deux puissans Ennemis faisoient de promts amas,
Tissapherne, & Cyrus le frere d'Artaxerce,
Dont l'orage fondit sur l'Empire de Perse.
Tissapherne jaloux des champs non limitez,
Des bords Ioniens commandoit les citez.
Cyrus ambitieux, d'ame grande & hardie,
Gouvernoit sous le Roy la feconde Lydie.
Mais contre son Rival animé dés long-temps,
En l'attaquant, il vole à des desseins plus grands.
De toutes parts il arme, & par faveurs sensibles
Il attire des Grecs les troupes invincibles.
Puis soudain vers l'Euphrate il veut porter ses vœux,
Accompagné d'vn camp plus vaillant que nombreux,
Pour combattre Artaxerce aux champs de Babylone,
Et le privant du jour, s'établir sur le trône.

   A peine avoit Menon débarqué ses soldats,
Cyrus luy fait offrir l'abry dans ses Estats.
Puis, pour s'vnir à luy, Tissapherne le tente.
En des pensers divers son ame estoit flotante.
De Cyrus, va sçavoir, luy dis-je, les secrets.
Des Dieux, à ton retour, tu sçauras les decrets.
Des siens, en lieux divers, il loge chaque bande :
Et déja Pharsandate à vingt ans les commande,

† Capitale de Cilicie.

Dont

Dont le front préfageoit fa future grandeur :
Et fon frere Delphon le fuit d'âge & d'ardeur.

Menon va dans ✶ Sardis, où le Prince le flate,
Où fon adreffe charme, où fa fplendeur éclate.
A Cyrus il s'engage, & luy promet fa foy ;
Croit qu'au Monde il eft feul digne d'eftre fon Roy.
Le Prince luy répand les fecrets de fon ame,
Luy montre fans détour tous les fils de fa trame.
Menon, pour le fervir, paroift des plus hardis.
Luy veut offrir bien-toft fes troupes dans Sardis.
Il revient, il nous parle, il croit que pour fa gloire
Il doit de fes fuccés nous apprendre l'hiftoire.
Ie voy qu'il eft au Prince attaché de cent nœuds.
Tu t'es lié, luy dis-je, au party malheureux.
Cyrus ne peut monter au trône de la Perfe ;
Et toute ta grandeur doit venir d'Artaxerce.
Les Grecs, par leur valeur, l'aideront vainement.
Mais je puis accorder ta gloire, & ton ferment.
Mefme de ton ferment viendra toute ta gloire.
Par tout, dans les combas, te fuivra la victoire.
Mais Cyrus va perir par fa temerité.
Et c'eft ce qu'Apollon cette nuit m'a dicté.
Va-t'en à Tiffapherne apprendre avec franchife
De l'infolent Cyrus la traiftreffe entreprife :
Et dy luy que le Ciel l'affeure par ta voix
Qu'il punira ce Prince ayant foin des grands Rois.
Que tu fçais maint détour, mainte feinte diverfe,
Suivant par tout Cyrus, pour fervir Artaxerce.
Que tu veux, par luy-mefme, envoyer au grand Roy
Femme, fils, & trefors, pour gages de ta foy.

✶ Capitale de Lydie.   I.

Des Grecs, servant Cyrus, tu n'auras point l'envie,
Et tu conserveras ton serment, & ta vie.
 Menon suit mes conseils, aux Dieux obeïssant.
Il donne à Tissapherne vn avis si pressant.
Le Satrape estonné l'interroge, l'engage:
Accepte pour le Roy ses projets, & son gage:
En secret nous visite, & ménager du temps,
Fait partir avec nous sa femme & ses enfans.
Les chars, en peu de jours, nous ameinent dans Suse,
Déja de la nouvelle étonnée & confuse.
Des relais, Tissapherne empruntant le secours,
Nous avoit prévenus par des chemins plus courts:
De Menon avoit dit les avis, & le zele,
Et les gages, garends. de son ame fidelle.
Vne nuit, sans témoins, il nous presente au Roy;
Et Zara luy presente & ses fils & sa foy.
Sur tous, de Pharsandate il admire la grace,
Sa taille, qui du chef tous ses freres surpasse,
Et son visage auguste, & sa noble fierté,
Témoignage d'vn cœur pareil à sa beauté.
Il l'accepte, & retient de ce nombre qui reste
Delphon, & les gemeaux Adalis, & Phermeste,
Aridathe, & Phorate, encore sont choisis.
Le Roy laisse à Zara ses quatre jeunes fils,
De qui le front rougit, que l'âge leur envie
L'heur d'immoler au Prince & leur sang & leur vie.
 Le Monarque irrité fait vn nombreux ramas
De troupes qu'on choisit dans ses vastes climas.
Laisse des moins guerriers l'assemblage inutile:
Enfin d'hommes armez compte quatre cens mille.

Cyrus d'autre costé, ses troupes caressant,
De cent mille guerriers se trouve assez puissant ;
Et void avec plaisir qu'en tous l'amour éclate,
*Des païs enfermez * des mers, & de l'Euphrate.*
Mais sur dix mille Grecs couverts d'acier luisant,
Et sur trois-mille armez d'vn airain moins pesant,
Tous d'vn ferme courage, & d'vne forte adresse,
Son cœur impetueux fonde sa hardiesse.

Clearque conduisoit les Spartiates fiers.
Agias estoit chef des Arcades guerriers,
Proxene commandoit † ceux des rives d'Asope,
Le valeureux Menon, le gendarme Dolope,
Lapithes, Myrmidons, ennemis du repos;
Socrate, les soldats de Mycene & d'Argos.

Mais Cyrus feint encore à ces cœurs intrepides,
Qu'il les meine domter les rebelles Pisides.
Menon, de tous les Grecs seul sçavoit son secret.
Les autres soupçonneux ne marchent qu'à regret.
Mais lors que des détroits de l'aspre Cilicie
Son armée eut passé l'emboucheure étrecìe,
Qu'on vid que de l'Euphrate il attaignoit les bords ;
Tous contre le grand Roy refusent leurs efforts.
Menon, qui void des Grecs les troupes mutinées,
Et qui, suivant Cyrus, vole à ses destinées,
Parle aux siens à l'écart : Dolopes, Myrmidons,
Des vainqueurs des Troyens, dit-il, nous descendons.
Les Grecs, de leur valeur veulent faire vn commerce ;
Et pour mettre Cyrus sur le trône de Perse,

* Les mers, Ionienne, Egée, & Euxine, qui avec l'Euphrate comprennent l'Asie mineure.
† Les Thebains.

Tâchent à l'engager par de lâches accords.

Mais nous cherchons la gloire, & non pas les tresors.

Du Prince liberal prévenons la priere.

Nous aurons de son heur la gloire la premiere.

Sous son regne, jugez quel sera nostre sort,

S'il nous voit les premiers paroistre à l'autre bord.

   Il sent que par ces mots leur ame est embrasée.

Il pousse son coursier vers la rive opposée.

Des plus hardis guerriers soudain il est suivy.

Les autres, dans les flots s'élancent à l'envy.

Tout le reste des Grecs étonné les contemple.

Tous, au gré de Cyrus, passent à leur exemple,

Non sans l'aide du Ciel, puis qu'hommes ny troupeaux

De ✶ l'Euphrate jamais n'avoient tenté les eaux.

L'armée, aprés Menon, ainsi passe dans l'onde,

Pour conduire Cyrus à l'Empire du Monde.

Sur le bord il l'embrasse, il le comble d'honneur,

Confessant qu'à luy seul il devra son bonheur.

   Cependant du grand Roy le camp nombreux s'avance.

Ce jour fera cesser la crainte & l'esperance :

Et sans considerer ny l'heur, ny le malheur,

Sera donné le prix à la rare valeur.

   Belle Reine, tu sçais des deux grandes armées

L'ordonnance, les Chefs, les troupes animées.

La justice combat contre la trahison.

Le crime d'une part, de l'autre la raison.

Deux freres enflammez de diverse esperance ;

L'un par l'ambition, l'autre par la vangeance.

L'un n'a dans sa fureur que l'autre pour objet :

L'un Roy, l'autre indigné du titre de sujet :

  ✶ Selon l'histoire.

Tous deux grands, & de sang, & de cœur, & de taille,
L'vn à l'autre opposez au front de la bataille.
  Cyrus, qui sur les Grecs fonde tout son bonheur,
Aux aîles les destine, honorant leur valeur :
Ordonne que Menon à la gauche combatte,
Et Clearque à la droite, aux rives de l'Euphrate.
Mais d'vn promt jugement, Menon qui dans son sein
De servir le grand Roy sçait cacher le dessein,
Refuse l'aîle gauche, & constant luy déclare
Que jamais aux combas le Grec ne se separe.
Par eux soudain du fleuve vn bord est occupé,
Où nul ne peut se voir du nombre envelopé.
Du Monarque vne troupe, en deux gros divisée,
Tous Chevaliers Persans, est à l'aîle opposée;
Et de peuples divers maint bataillon les suit.
Aprés l'hymne chanté, les Grecs marchent sans bruit.
Puis courans à l'abord, couverts d'armes luisantes,
Frapent du javelot leurs targes resonnantes.
Les chevaux effrayez de ce bruit si soudain,
Au mépris des talons qui les pressent en vain,
Sous les Perses surpris se cabrent, se dispersent.
Les Escadrons serrez eux-mesmes se renversent.
Les Grecs, dans la fureur de ce succés heureux,
S'avancent, & de corps jonchent les champs poudreux.
Le gendarme par tout s'abandonne à la fuite.
Les Grecs gardent leurs rangs dans leur chaude poursuite.
Menon, portant par tout ou la mort, ou l'effroy,
Les détourne toûjours du bataillon du Roy.
Mais de tant de guerriers la foule est si pressée,
Qu'à répandre leur sang toute force est lassée.

Artaxerce, fuivy de cent mille chevaux,
D'autre part fait partir fes chars armez de faux,
Dont la promte furie, à l'abord redoutable,
Fait aux rangs de Cyrus vn defordre effroyable.
Mais quand par le fecours des bois longs & pointus
Et cochers & chevaux en furent abatus,
Cyrus pouffe fon gros contre le grand Monarque,
Et dans l'âpre meflée entre tous le remarque,
Sur vn cheval Arabe, armé d'or & d'acier.
Pharfandate & Delphon font prés de fon courfier,
L'vn fur vn Sarde blanc, l'autre fur vn Tartare.
Cyrus bondit, s'emporte, & des fiens fe fepare.
Tiribaze l'arrefte, & le frape à l'inftant.
Cyrus d'vn coup mortel fur la poudre l'étend.
Puis fans craindre des traits l'impetueux orage,
Plein d'ardeur de regner, & de haine, & de rage,
S'ouvre jufqu'à fon frere vn paffage fanglant.
D'vn javelot luy porte vn affaut infolent.
Le fer gliffe fur l'or des armes d'Artaxerce;
* Et frapant le courfier, fur le champ le renverfe.
Pharfandate foudain de fon Sarde defcend,
Remonte le Monarque en ce danger preffant,
Qui fe fent irrité par la honte & l'outrage.
Son fang contre fon fang renflamme fon courage.
Sans attendre des fiens le fidelle fecours,
Par luy-mefme il défend & fa gloire & fes jours.
Il veut que fon grand cœur à l'attaque réponde,
Dans ce fanglant düel pour l'Empire du Monde.
Il lance fur Cyrus vn javelot perçant,
Qui le bleffe, & fon corps en paroift balançant.

* Selon l'hiftoire.

Cyrus, contre le Roy, ranimant son audace,
D'vn second coup l'attaint, & perce sa cuirasse.
Mais vn flot de guerriers les separe à l'instant.
Le Monarque blessé, des foules s'écartant,
Sur vn tertre fait voir que sa playe est legere.
Pour le Roy, Pharsandate excite sa colere :
Par tout cherche Cyrus, qui s'estimoit vainqueur,
De son frere abatu triomphant dans son cœur.
Il le void dans la presse, à le suivre il s'ostine,
Et luy perce le front d'vn coup de javeline,
Lors que de toutes parts le Perse dans l'effroy
Se rangeoit sous ses loix, ne voyant plus le Roy.
Puis redoublant son coup luy fait mordre la terre,
Et du Prince rebelle acheve ainsi la guerre.
Il porte la nouvelle au Monarque confus,
Qui ne void prés de luy que des cœurs abatus,
Et qui sçait que des Grecs les troupes furieuses
Des siennes sont par tout deja victorieuses.
Cet heur inesperé réveille tous ses sens,
Et ranime aussi-tost ses espoirs languissans.
De son frere la mort luy paroist vn miracle.
Il va souler ses yeux de l'horrible spectacle :
Luy fait trancher la teste, & va de toutes parts
* Luy-mesme la montrer aux Gendarmes épars.
    Alors l'Astre du jour, finissant sa carriere,
Accordoit aux vainqueurs vn reste de lumiere ;
Et la nuit à l'envy recommençant son cours,
Aux vaincus fugitifs accordoit son secours.
Le Grec victorieux d'vne autre part s'étonne,
(Prétendant que Cyrus leur devra sa couronne)

* Selon l'histoire.

De voir que pour combattre ils n'ont plus d'Ennemis,
Et de ne voir prés d'eux nuls Escadrons amis.
De la nuit, les surprend & l'ombre & le silence;
Et du Roy les enceint la nombreuse puissance,
De dix-mille flambeaux ses pas sont éclairez,
Qui font briller l'acier, & les casques dorez.
Des Grecs, pour le combat, l'armée est déja preste,
S'avance pour le choc, mais Menon les arreste.
Il va vers le Monarque, & demande sa foy.
Tissapherne luy parle, & le conduit au Roy,
Qui de sa bouche apprend avec quelle prudence
Des Grecs il a si loin écarté la vaillance.
Puis Menon, de Cyrus voyant le chef coupé,
Grand Roy, dit-il, des Grecs l'orage est dissipé.
Contre toy desormais n'irrite point leurs armes:
Mais plûtost d'un accord fay leur offrir les charmes.
Pour te voir, tes flambeaux leur prestent la clarté :
Et tu ne peux les voir dans leur obscurité.
Contre leur desespoir, parmy le trouble & l'ombre,
Que pourroit te servir ta valeur & ton nombre?
Artaxerce l'embrasse, & le rend glorieux.
Dit que son fils & luy l'ont fait victorieux.
Puis luy joint Tissapherne, & laisse à leur adresse
D'amuser pour un temps ces troupes de la Grece.
Menon leur fait recit du destin de Cyrus.
N'esperez plus, dit-il, d'en estre secourus.
Plûtost par un traité conservez vostre gloire.

  Ma Princesse, tu sçais le reste de l'histoire.
Que Tissapherne enfin, sous accords solemnels,
Des Grecs, par trahison, surprit les Colonnels,

                                        Agias

Agias, & Socrate, & Proxene, & Clearque,
Qui reßentirent tous la rigueur du Monarque.
Du supplice, Menon fut le seul reservé,
Puis sous le nom d'Aman, aux grandeurs élevé,
Pour étouffer le sien, odieux à la Grece,
Qui peut le soupçonner pour vne ame traîtreße.
Mais nul n'a pû des Grecs luy prescrire vne loy,
Dans le choix de servir ou Cyrus, ou le Roy.
Sans vn celeste avis, nul jamais dans son ame
N'eût conceu le projet d'vne si belle trame.
Que le reste des Grecs soit content des grands Dieux,
Qui les ont, vers leurs mers, reconduits glorieux.
    Ie fus par Apollon vne nuit avertie,
Pour aider ses desseins, de servir la Pythie.
Sans l'esclavage heureux, où je mets mon devoir,
Artemis n'eût jamais eu l'honneur de te voir.
Mais Apollon conduit tes destins & ta gloire,
Et conduit Pharsandate à sa grande victoire.
Sans exposer vos jours par des faits hazardeux,
Au trône, par ma main, il vous conduit tous deux.
De son Pere déja tu connois la puißance,
Et du fils je t'apprens l'heroïque vaillance,
Et les illustres faits de ses braves Ayeux,
Ißus de sang royal, mesme du sang des Dieux.
Nul ne peut des mortels le voir qui ne l'admire.
Il est digne de toy: c'est tout ce qu'on peut dire.
Pour toy seule Apollon luy donne des desirs,
Des pensers amoureux, & de brûlans soûpirs.
De tes rares beautez il s'est fait vne image,
A qui sans ceße il rend ses vœux & son hommage.

K

De ce Dieu maintenant Artaxerce est l'horreur.
Il doit dans peu de jours ressentir sa fureur,
Comme indigne du jour, & du trône d'Asie,
Et de toy, que pour luy le Ciel avoit choisie.
Demain je te diray le projet de sa fin,
Et la voye asseurée à ton heureux destin.
Pour forger ses complots, c'est le temps qu'il s'impose :
Puis pour oüir la Reine, il tient sa bouche close.

   Apollon, dont j'attens, dit-elle, mon secours,
Void déja dans mon cœur l'effet de ton discours.
Tu le sçauras aussi, quand tu viendras m'apprendre
L'ordre que par ta voix il veut me faire entendre.
Dans l'aise qu'elle sent de tant de biens promis,
Elle embrasse Dictyne, & la feinte Artemis,
Qui fremit du plaisir d'vne faveur si rare,
Et d'elle & du Palais, à regret se separe.

Fin du Troisiéme Chant.

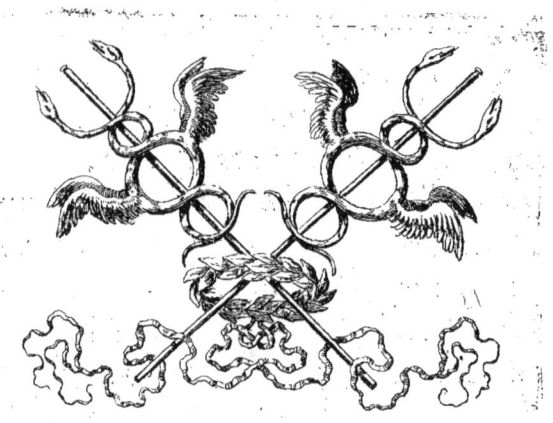

ESTHER.
POËME.

QVATRIEME CHANT.

E Soleil ſe haſtant de voir l'autre Vni-
    vers,
D'vn inſenſible cours ſe plongeoit dans
    les mers :
Et la nuit à ſon tour tendant ſes ſom-
    bres voiles,
Enrichiſſoit leur fond de l'or de mille
    étoiles,
Banniſſoit les travaux, & donnoit le conſeil
De goûter la douceur des charmes du ſommeil.
Tous repoſent en paix : mais la ſuperbe Reine
Ne trouve nul relâche à ſon ardente peine.

Elle s'efforce en vain, par tant de biens promis,
De chasser ses tourmens, du sommeil ennemis ;
Et nulle ame jamais, par le sort agitée,
De tant de passions ne fut inquietée.
Du trône glorieux sa chûte sans retour ;
Du triomphe d'Esther l'insupportable jour ;
L'ardeur de se vanger & du Monarque & d'elle,
Et de goûter la mort de ce Prince infidelle ;
Vn Amant valeureux prés du trône avancé ;
Son Empire futur, par l'Oracle annoncé ;
Tant de nouveaux pensers joints aux fureurs premieres,
Défendent au sommeil de fermer ses paupieres.
Et par les doux transports du grand bonheur naissant,
Elle tâche à charmer les ennuis qu'elle sent.
Elle embrasse ardemment cette haute esperance
Et de grandeur suprême, & de promte vangeance.
    Ces mouvemens divers l'empeschent de dormir.
Omphale, qui l'entend soûpirer & gemir,
Qui d'vn repos leger veille aux pieds de la Reine,
Luy demande en soucy les causes de sa peine.
Omphale, as-tu, dit-elle, entendu mes soûpirs ?
Vne grande nouvelle enflamme mes desirs,
Mes desirs de regner, mes desirs de vangeance ;
Et va finir l'excés de ma longue souffrance.
Mais, chere Omphale, enfin te puis-je rien celer ?
Les Dieux, d'vn grand espoir veulent me consoler.
Vn Prince aimé du Ciel pour moy déja soûpire,
Qui doit vanger ma gloire, & me rendre l'Empire,
Pharsandate, du sang & des Rois & des Dieux,
Dans l'Estat, par ses faits, déja si glorieux.

Mais s'il faut par sa veuë arriver à l'Empire :
S'il faut que mon serment ou ma grandeur expire.
Ah ! plûtost le malheur me trouble incessamment,
Que la fiere Vasthi rompe vn si fort serment.
Plûtost dans les Enfers le juste Ciel m'abîme,
Qu'il m'arrive jamais de commettre vn tel crime.
De violens soûpirs ces mots furent troublez ;
Et son cœur démentit ses sermens redoublez.

   Ma Reine, dit Omphale étonnée & contente,
En quels doutes ton ame est-elle donc flotante ?
Qui crains-tu d'offenser, Artaxerce, ou les Dieux,
Ou le bruit d'vn serment que tu crus glorieux ?
Le juste Ciel t'apprend sa volonté suprème.
Ne sois pas malgré luy rigoureuse à toy-mesme.
Pour remonter au trône, il n'est point de serment
Que ne puisse vn grand cœur violer justement.
D'vn grand Roy, ta beauté veut se voir admirée ;
Et de ton sexe seul n'est pas bien adorée.
Enfin, suy ton bonheur : Que peux-tu faire mieux ?
Et pour ne point faillir, suy le conseil des Dieux.
D'Apollon, sur ton doute, appelle la Prestresse ;
Et laisse aux sages Dieux conduire ta sagesse.

   Par Omphale, Vasthi flatée en ses desirs,
Déja de la grandeur goûte les doux plaisirs :
Sur le trône royal déja se void placée ;
Et se croit triomphante en son ame insensée.

   D'autre part Pharsandate, en ses vœux satisfait,
De sa feinte est superbe, en admire l'effet.
Il sent de nouveaux feux son ame devorée,
Ayant veu la beauté si long-temps desirée ;

Ayant eu, par sa feinte, vne ample liberté
Pour luy vanter son sang, sa valeur, sa fierté,
Et pour forger l'amas de tant de feints Oracles,
Qui font à la Princesse attendre des miracles.
    La Pythie, au retour du Palais orgueilleux,
Ne cesse d'admirer son esprit merveilleux :
Luy dit que nul jamais, par la promte imposture,
Ne profita si-bien d'vne heureuse avanture :
Pendant ces entretiens, luy fait secretement
De l'Esclave quitter le trompeur vestement.
Puis pour ne rien omettre en sa rage perfide,
Veut à tant de forfaits joindre le parricide.
I'ay, dit-elle, admiré tes subtiles raisons,
Pour bien couvrir d'Aman les noires trahisons,
Dont son fils va punir la trame criminelle.
Pharsandate est surpris. Quoy ? tu pâlis, dit-elle ?
De ton sort glorieux ne sçais-tu pas la loy ?
Pour posseder Vasthi, qu'il te faut estre Roy,
Monter par deux degrez au trône de la Perse,
Dont le premier degré c'est la mort d'Artaxerce ?
Quoy donc ? attendras-tu qu'Aman soit au cercueil,
Qui ne pourra jamais te ceder en orgueil ?
Sans le priver du jour, en vain ton ame espere.
Ouy, le second degré c'est la mort de ton Pere.
Pour servir ton amour, & te voir Roy des Rois,
N'écoute le respect ny du sang ny des loix.
Hé bien, si deux degrez doivent estre deux crimes,
Dit-il, le trône rend tous les faits legitimes.
De Saturne le fils fut-il moins criminel,
Puis qu'il l'eust fait mourir, s'il eust esté mortel ?

Ie ſçay déja deux Chefs, dont l'ardente colere
Percera de leur fer Artaxerce & mon Pere,
(Si dans les mouvemens de leurs cœurs incertains
Ie veux par mon pouvoir ſeconder leurs deſſeins)
Bagathan & Thares, qui commandent la garde.
Déja comme leur Dieu chacun d'eux me regarde.
Tous deux ambitieux, tous deux d'illuſtre ſang,
Prétendoient s'élever dans vn plus digne rang.
Tous deux ſont irritez : car le Roy ny mon pere
N'ont jamais écouté leur deſir temeraire :
Et j'auray la grandeur que mon cœur m'a promis,
Avec le promt ſecours de nos vaillans amis.
Tu ſentiras, dit-elle, en cette heure fatale,
Le ſecours d'Apollon, & la force infernale.
A meſme heure demain, pour combler ton bonheur,
La Reine, par ſa voix, nous ouvrira ſon cœur.
Par ces mots la Pythie enflamme ſon courage ;
Et ſacrifie Aman, pour accomplir ſa rage.
De Medée autrefois telle fut la fureur,
Quand aux plus noirs forfaits abandonnant ſon cœur,
De deux filles, ſa voix porta l'ame legere
A verſer par leurs mains le vieux ſang de leur * pere.
    Alors de toutes parts l'Enfer à ſes ſuppoſts
Preſte l'obſcure nuit pour leurs traiſtres complots.
L'Amant va des deux Chefs irriter la colere ;
Immole à leur fureur le Monarque & ſon pere,
Les deſtine à la mort, offre, pour ce deſſein,
De plonger le premier le poignard dans leur ſein.
Pour poſſeder la Reine, il n'eſt rien qu'il ne tente.
Plus il penſe à ſes yeux, plus ſa rage eſt conſtante.

* Pelias.

Plus son amour l'enflamme, & moins dans sa fureur
De son double forfait il sent la double horreur.
Ainsi l'ardent Oreste irrita sa colere,
En méditant la mort d'Egysthe & de sa mere,
Pour monter par leur sang au trône paternel,
Quand pour vanger vn crime, il se fit criminel.

Dictyne d'autre part, pour la trame cruelle,
Espere en son Demon, par ses charmes l'appelle;
Et veut que tout l'Enfer, par vne promte mort,
D'Artaxerce & d'Esther détruise l'heureux sort,
En dépit du grand Dieu qni rompit sa parole,
Qui la rendit soudain Prestresse sans idole,
Sans employ, sans honneur, le mépris des humains,
Qui n'auront plus recours à ses oracles vains.
Le superbe demon, qui l'anime & le flate,
Luy promet son secours, échauffe Pharsandate,
Des deux chefs irritez, attise le courroux,
Et de l'ardente Reine aigrit l'esprit jaloux.

Enfin le jour succede à la nuit favorable.
L'Amant a plus d'espoir, plus il se rend coupable.
D'vn cœur impatient, comme autant de tourmens,
De chaque heure trop lente il compte les momens.
Avant le temps prescrit il prévient la Prestresse;
Luy conte des deux Chefs l'ardeur, la hardiesse:
Que tous deux prés du Prince ils ont vn libre accés.
Qu'il faut de leurs complots attendre vn grand succés.
Pendant ces entretiens encore il se déguise:
Puis ils vont à Vasthi declarer l'entreprise.
La Reine les reçoit; & l'Amant glorieux
Ne peut assez goûter le bonheur de ses yeux.

Princesse,

Princeſſe, maintenant, dit-il, tu ſeras Reine,
Non ſous le ſeul éclat d'vne apparence vaine,
Non ſous vn titre faux, mais regnante en effet,
Epouſe d'vn grand Roy, digne de ton ſouhait,
Qui pour l'heur de te voir à tout moment ſoûpire ;
Pour toy, plus que pour luy, va conquerir l'Empire.
Pour l'animer, dit-elle, ouy, je voudrois le voir.
Mais mon cruel ſerment m'en oſte le pouvoir.
Il faut qu'avant ce temps le Roy perde la vie.
Il faut que par ſa mort Vaſthi ſoit aſſouvie.
Que ne puis-je paroiſtre en cet illuſtre jour,
Pour voir finir du Prince & la vie & l'amour ?
Mon ame dans ſa fin ſeroit bien plus contente,
Si j'en donnois le coup, ou ſi j'eſtois preſente.
Ie foulerois aux pieds ce Maiſtre des humains ;
Dans ſon perfide ſang je laverois mes mains :
D'Eſther j'irois ſoudain détruire le viſage,
Et changer tous ſes traits en vne horrible image.
I'irois, par vn ſupplice épouvantable & lent,
Des ſept Iuges punir le decret inſolent.
Mais je pourray ſur eux, quand j'auray la puiſſance,
Exercer à loiſir vne longue vangeance.
I'en feray mieux le choix, je la goûteray mieux,
Quand ſeront amortis mes tranſports furieux.
*   La jalouſe Princeſſe ainſi d'eſpoir ſe flate.*
Tu ſçais, dit Artemis, l'amour de Pharſandate :
Quels feux il a conceus du bruit de ta beauté.
Quels feux doit-il ſentir d'en voir la verité ?
Conſidere déja combien ce Prince t'aime,
S'il faut, pour t'acquerir, meurtrir ſon pere meſme.

Pour s'élever au trône, & couronner l'amour,
Il doit verser le sang qui luy donna le jour.
Pour joüir avec toy du bonheur qu'il espere,
Il faut que sur la terre il n'ait ny Roy ny pere.
Pour armer de fureur ses vœux ambitieux,
Ie luy dis tes beautez, il te void par mes yeux:
Ie sens, pour l'animer, Apollon qui m'anime;
Et ce que veut un Dieu, né sçauroit estre un crime.
   Dictyne en sa fureur se mesle à leurs discours:
Du Ciel & de l'Enfer leur promet le secours.
L'Amant, dans ses transports, d'une mine asseurée,
Dit que le Ciel unit la troupe conjurée;
Et qu'aprés le trépas & d'Aman & du Roy,
Pharsandate, de tous doit recevoir la foy:
Car parmy les Persans, quand le Monarque expire,
De ses Gardes dépend le grand choix pour l'Empire.
Là finit l'entretien perilleux & secret.
De la Reine, l'Amant s'éloigne avec regret.
Puis il pense au progrés de sa trame traîtresse,
Dans l'ardeur qu'il a prise aux yeux de la Princesse.
   Mais pendant que l'Enfer excite les humains
A tremper dans le sang leurs parricides mains,
Pour rompre leurs complots, veille l'Autheur du Monde;
Et veut que d'un seul mot un Hebreu les confonde.
La lumiere trois fois éclaira l'Univers:
Trois fois furent les champs de tenebres couverts,
Depuis que pour meurtrir Artaxerce & son pere,
Des deux Chefs Pharsandate irrita la colere.
Un Ange parmy l'ombre est envoyé des cieux
Au sage Mardochée, Hebreu juste & pieux,

Chef illuftre en nobleffe, en courage, en prudence,
Qui du puiffant Aman feul bravoit l'arrogance ;
Et par l'ordre du Ciel recelant fon bonheur,
D'eftre l'Oncle d'Efther, cachoit le grand honneur.
Au plus fort du fommeil l'Ange de Dieu l'éveille.
Tout-à-coup l'éblouït l'étonnante merveille.
Mais l'Ange, pour le voir, luy renforce les yeux.
Leve toy, luy dit-il, fuy le vouloir des Cieux.
Abandonne tes pas à ma feure conduite.
La rage des Enfers par toy fera détruite.
Auffi-toft il fe leve ; & dans l'obfcurité
De fon faint Conducteur fuit l'heureufe clarté :
Et par le grand pouvoir de fa divine efcorte,
Eft franchy tout paffage, & s'ouvre toute porte.
Au fejour de Thares ils arrivent fans bruit.
Deux Efclaves veilloient aux heures de la nuit,
Pharnabas & Iafbel, Hebreux brûlans de zele,
Qui tous deux au feul Dieu gardent vn cœur fidele,
Iffus de Iofias, la race de David,
Que le commun malheur fous le joug affervit ;
Et qui fous les rigueurs d'vn indigne efclavage,
Cachent leur fang royal, & leur noble courage.
Pharnabas renommé par fes faits valeureux,
Eft au rang des plus forts entre tous les Hebreux.
Iafbel, dont la beauté paroift vne merveille,
Couvre fous fa douceur vne valeur pareille.
  De l'afpect lumineux l'vn & l'autre eft furpris.
Ne craignez rien, dit l'Ange, & calmez vos efprits.
Le grand Dieu d'Ifraël, par vous dans ce filence
Veut des cruels Enfers confondre la puiffance.

Il veut donner la gloire à vos fideles soins,
Que des traîtres complots vous soyez les témoins.
Entendez Bagathan, qui d'vne ame perverse
Conspire avec Thares pour la mort d'Artaxerce.
Dans vn lieu separé d'vn foible enclos de bois,
Des deux traîtres alors Dieu renforce la voix.
Les trois Iuifs à ces mots ont l'oreille attentive.
Si le Roy d'vn haut rang injustement nous prive,
Nostre fer justement le privera du jour.
Nous devons des grandeurs goûter à nostre tour.
Des gardes, nous avons la troupe toute preste.
Il faut du diadême orner vne autre teste.
D'vne forte fureur ces mots sont prononcez.
Vous sçavez leur secret, dit l'Ange, c'est assez.
Demeurez dans la paix : de cette horrible rage
Selon les justes loix vous rendrez témoignage.
Quand aux perfides Chefs vous serez presentez,
Gardez la fermeté de vos cœurs indomtez.
Dieu, pour vous secourir, sans cesse vous regarde ;
Et contre tout l'Enfer pour sa gloire vous garde.
Mardochée estant libre, à nul Maistre sujet,
Doit avertir le Roy du funeste projet.
Il peut, par vn écrit, l'annoncer à la Reine.
Le divin Messager sur ses pas le rameine :
Puis des yeux se dérobe, & vole dans les cieux.
Mardochée étonné du dessein furieux,
Ne peut, par le sommeil, refermer la paupiere.
A peine il void du jour renaistre la lumiere,
Sur la cire étenduë il trace en peu de mots
Des deux Chefs conjurez les horribles complots.

Puis il cherche d'Esther le Ministre fidelle,
Athach, qui sçait les nœuds de Mardochée & d'elle ;
Et que lors que la mort luy ravit ses parens,
Mardochée eut le soin de ses plus tendres ans.

 La Reine, par la cire & müette & parlante,
Des deux traîtres apprend l'entreprise étonnante ;
Et gardant le silence en un si juste effroy,
En secret la referme, & l'envoye au grand Roy,
Qui soudain, par Aman, fait saisir les complices ;
Et déja les dévoüe aux plus cruels supplices.
Puis sont dans le Palais tous les gardes changez,
Par de justes soupçons dans le crime engagez.

 Pharsandate, qui void sa trame découverte,
Qui se connoist coupable, & redoute sa perte,
Contre les criminels feint le plus de fureur ;
Semble de leur forfait sentir le plus d'horreur :
De son pere prend l'ordre, & par ruse l'assure
Qu'il sçaura le projet, par une aspre torture.
Dans la Tour les conduit, en un grand char ouvert.
Le peuple est effrayé du crime découvert.
Dictyne apprend le bruit qui par tout en éclate :
Qu'avec les criminels on a veu Pharsandate,
Dont le front rougissant de rage & de douleur,
Sous un trompeur courroux, cache une grande peur.
Elle croit qu'on le traîne au nombre des coupables :
Qu'Artaxerce connoist ses crimes détestables ;
Et que des grands tourmens les affreux appareils
Luy feront déclarer ses horribles conseils.
Elle court au Palais de l'orgueilleuse Reine,
Luy dit, qu'ils sont trahis, & la prise, & sa peine :

Et qu'elle vient chercher, pour son cœur agité,
De ce sejour secret la foible seureté.

　　Du succés malheureux la Princesse estonnée,
De conseil, de secours, se sent abandonnée.
Ah! qu'étrange est l'estat, quand l'orgueil abbatu
Tâche à se relever, & manque de vertu.
Le recours triste & seul de son ardent courage,
Est dans le desespoir, dans la mort, dans la rage.
Dictyne appelle en vain ses perfides Demons,
De mots avec fureur tirez de ses poumons :
Par charmes veut sçavoir si l'on sçait leurs malices ;
Et si le Roy les compte au nombre des complices.
Mais par vn seul avis leur cœur n'est consolé.
Tout l'Enfer est müet, quand le Ciel a parlé.
Quoy doncques, j'attendray, dit la fiere Princesse,
Qu'vne brutale troupe à mes regards s'adresse ;
Et qu'ils portent sur moy leurs insolentes mains,
Aprés le grand mépris que j'ay fait des humains ?
Quoy? malgré la grandeur de mon ame indomtée,
Devant des Iuges fiers je seray presentée ?
Ie verray Pharsandate, & comme accusateur,
Du bruit de ma beauté n'aguere adorateur ?
Quoy? j'auray la douleur de me voir outragée
Par luy d'où me naissoit l'espoir d'estre vangée ?
Et je pourray souffrir vn second jugement,
Plus dur que le premier, source de mon tourment ?
Donc vne infame mort flêtrira ma memoire,
Quand je puis me donner vne mort avec gloire ?
Ma gloire a trop d'éclat : Voudrois-je la ternir ?
N'attendons pas la mort : il faut la prévenir.

Le Ciel, a m'immoler, pour son honneur m'anime.
Iamais il n'eut encor de si belle victime.
Ce Heros sans pareil, Hercule si vanté,
Qui comme mon orgueil fut toûjours indomté,
M'enseigne quelle mort le Ciel veut que j'élise ;
Et que c'est par le feu que l'on s'immortalise.
Mon temple, est mon sepulchre, & je vay l'anoblir,
Si tout l'or qu'il contient sert à m'ensevelir.
Ne me croy pas, Dictyne, à moy-mesme cruelle.
Esperes-tu finir par vne mort plus belle ?
Nous avons tout à craindre, & n'esperons plus rien.
Enfin suy mon conseil, si j'ay suivy le tien.
Tu pensois m'élever dans vn pouvoir suprême ;
Et le Ciel te trompoit, m'élevant à luy-mesme.

Dictyne furieuse encor plus que Vasthi,
D'vn esprit que l'Enfer s'est tout assujetty,
En vain l'appelle encore, en vain luy rend hommage :
N'en ressent nul secours, & n'en sent que la rage :
Fait du temple allumer les brasiers, les flambeaux :
Fait de seche canelle apporter des monceaux.
Sous le prétexte saint de faire vn sacrifice,
La Reine ordonne tout pour ce trompeur office.
Omphale la voit rouge, & présage vn malheur.
La Princesse l'asseure, en cachant sa douleur :
Dit que pour voir bientost sa gloire & sa vengeance,
Il faut gagner au ciel vne grande Puissance.
Qu'elle repose en paix : mais que c'est vn secret
Dont Dictyne est jalouse, & l'exclud à regret.

Cependant, du Palais, la tremblante Pythie
Pour son dessein terrible en fureur est sortie :

De toutes parts regarde, & croit dans son effroy
Que tous, pour l'arrester, ont les ordres du Roy.
Elle fait vn amas d'vne liqueur magique,
De bitume, de soufre, & de naphte Asphaltique,
Dont soudain tous les murs, tous les corps arrosez,
A l'approche du feu, doivent estre embrazez.
D'vn pas foible & hasté, par la foule confuse,
Parmy les bruits émus, elle passe dans Suse.
Au Palais elle rentre; & des cruels apprests
Aux filles de Vasthi cache les noirs secrets.
De soufre en grains legers, qu'vn seul moment embraze,
Et d'huile, & des liqueurs, elle emplit vn grand vaze.
Puis d'vn rameau de palme elle s'arme la main,
Dont elle mesle tout, constante en son dessein.
Avec elle aussi-tost, d'vne rage aussi ferme,
Dans le temple éclairé la Reine se renferme.
Devant le trône d'or, sur les luisans carreaux,
Toutes deux de canelle assemblent les monceaux.
Car le dernier desir de la Princesse fiere,
Est d'avoir vn bûcher d'vne riche matiere.
La canelle, & le trône, & les murs opposez,
Des liqueurs sont soudain par la palme arrosez.
Dans l'vn des grands brasiers, plein d'ardeur enflâmée,
Par la Reine est alors vne cire allumée.
Puis devant l'appareil de ce leger tombeau,
Sur vn degré du trône elle tient le flambeau:
En haut leve les yeux: Ecoute, Ciel, dit-elle.
Puisque de l'Vnivers tu me fis la plus belle,
Tu me donnas l'orgueil, en me donnant le jour:
Et mon orgueil jamais n'a fléchy sous l'amour.

Car

Car j'eusse démenty mon éclat & ma gloire,
Si l'orgueil à l'amour eût cedé la victoire.
D'Artaxerce jamais je n'aimay que le rang.
De l'amour d'vn mortel mon cœur fut toûjours franc :
Et pour te rendre, ô Ciel, vne gloire suprême,
I'aimay ton grand present, aimant ma beauté mesme.
De mon superbe estat j'eusse détruit l'honneur,
Si je n'eusse dans moy trouvé tout mon bonheur.
Avec vn cœur plus bas, j'eusse esté plus heureuse,
I'eusse regné long-temps, mais non si glorieuse.
Ciel, reçoy, dans ce jour de gloire couronné,
Mon orgueil aussi pur que tu me l'as donné.

Du bûcher arrosé de naphte & de bitume,
Elle approche à l'instant le flambeau qui l'allume.
Puis sur le bois ardant elle immole son corps.
De toutes parts la flâme atteint tant de tresors.
Dictyne, au mesme feu par l'Enfer appellée,
Se jette sur Vasthi déja toute bruslée.
Le temple, & tout son or, fondus en vn moment,
Leur font vn promt, & riche, & cruel monument.
Tout le Palais perit par la flâme inhumaine ;
Et perd tout son orgueil, par celuy de la Reine.

Fin du quatriéme Chant.

M

Extrait du Privilege du Roy.

PAr Grace & Privilege du Roy, en datte du 6. Fevrier 1670. figné D'ALENCE', & feellé. Il eſt permis au ſieur DE BOISVAL, de faire imprimer vn Livre intitulé, *Eſther. Poëme Heroïque*, pendant le temps & eſpace de ſept ans; Faiſant tres-expreſſes inhibitions & défenſes à tous Libraires, Imprimeurs, & autres perſonnes de quelque qualité & condition qu'elles ſoient, de l'imprimer, faire imprimer, vendre ny debiter durant ledit temps, en aucun lieu de noſtre Royaume ſans le conſentement dudit Expoſant, ſous quelque prétexte que ce ſoit, à peine de deux mille livres d'amende contre chacun des contrevenans, applicable vn tiers à Nous, vn tiers à l'Hoſpital General de noſtre Ville de Paris, & l'autre tiers à l'Expoſant, de confiſcation des Exemplaires contrefaits, & de tous dépens, dommages & intereſts; comme il eſt plus au long porté par l'original.

Et ledit ſieur DE BOISVAL *a cedé le Privilege cy-deſſus à* PIERRE LE PETIT, *Imprimeur & Libraire ordinaire du Roy.*

Regiſtré ſur le Livre de la Communauté des Imprimeurs & Libraires de cette Ville, le 14. Fevrier 1670.

www.ingramcontent.com/pod-product-compliance
Lightning Source LLC
Chambersburg PA
CBHW071115260626
47162CB00006B/2324